Gerhard Devmann Meine gesammelten Werke

AF199386

Gerhard Devmann

Meine gesammelten Werke

Essays und Geschichten zum Thema BDSM

© 2020 Gerhard Devmann

Herstellung und Verlag: BoD – Books on Demand, Norderstedt

Printed in Germany

ISBN 978-3-7519-3589-0

Inhaltsverzeichnis

Essays

Die Anrede einer Herrschaft

Jeder devote Mensch wünscht sich jemanden, der die Rolle der dominanten Person übernimmt. Je nach Faible kann das eine (weibliche) Domina oder ein (männlicher) Dominus sein, manchmal auch ein Herrschaftspaar. Aber wie sollte man seine Herrschaft anreden, um seine eigene Rolle zum Ausdruck zu bringen? Sicher, in der zahlreichen SM-Literatur finden sich hierfür Beispiele, aber leider handelt es sich dabei oftmals um stereotyp wiederkehrende Bezeichnungen. Sollte man diese einfach übernehmen oder sich nicht doch lieber eigene Gedanken für eine angemessene Anrede machen? Ich plädiere für letzteres, denn auf diese Weise setzt man sich mit seiner eigenen Rolle auseinander und ehrt seine Herrschaft durch die Suche nach einer passenden Bezeichnung. Beides ist anregend und kann ein leichtes Prickeln auslösen. Die nachstehende Betrachtung soll die Annäherung an das Thema erleichtern und Anregungen für Eure eigenen Überlegungen liefern.

Bevor ich mich jedoch mit den verschiedenen Möglichkeiten der Anrede beschäftige, müssen ein paar Dinge geklärt werden, die nach meiner Einschätzung Einfluss auf die Anrede haben. Deshalb muss ich als devoter Mensch zunächst wissen, was ich eigentlich will. Nun werden viele ausrufen, dass das doch klar sei und es um Demütigung und Erniedrigung gehe. Das stimmt, denn viele verwenden diese Begriffe gleichzeitig und synonym, sogar professionelle Dominas machen das. Aber wissen diese und ihr Leser/innen auch, was die beiden Begriffe bedeuten? Falls nicht, findet sich hier die Erklärung: Eine Demütigung ist eine Unterwerfungsgeste, das heißt jemand erkennt einen anderen Menschen als bestimmende Person oder Autorität an. Der Gedemütigte bleibt aber ein Mensch, der nur aufgrund seiner Stellung nicht über die Macht und die Befugnisse wie die Autorität verfügt, jedoch innerhalb der ihm zugestandenen Grenzen gewisse Rechte und Freiheiten besitzt. Eine Erniedrigung ist mehr: Dabei handelt es sich um eine moralische Herabsetzung, zum Beispiel um die Erniedrigung zu einer Maschine, einem Gegenstand, einem tier usw. Daraus folgt, dass eine gedemütigte Person im Gegensatz zu einer erniedrigten Person noch über gewisse Rechte verfügt. Das klingt etwas kompliziert, deshalb soll ein Beispiel den Unterschied verdeutlichen: Eine Person, die in einem Rollenspiel den Part eines Schülers/einer Schülerin innehat, unterwirft sich dem Erzieher oder der Erzieherin, indem die Autorität und das Züchtigungsrecht des Erziehungspersonals anerkannt wird. Dies geschieht in der Regel durch respektvollem Verhalten gegenüber den Erziehungsberechtigten. Zugleich hat die Schülerin oder der Schüler das Recht, bei Wohlverhalten einer Bestrafung zu entgehen. Innerhalb bestimmter Grenzen (Unterrichtszeit und –ort, Bekleidungsvorschriften, Verhaltensregeln usw.) können sich die Schüler/innen also frei bewegen.

Anders sieht es bei einem auf Erniedrigung basierendem Rollenspiel aus: Ein solches Dom-Sub-Verhältnis wird zunächst durch eine Demütigung der devoten Person begründet, das sich in der Regel durch konkrete Handlungen wie das Küssen der herrschaftlichen Stiefel oder des nackten herrschaftlichen Gesäßes äußert. Anschließend erfolgt die Erniedrigung, indem die devote Person zum Objekt der herrschaftlichen Willkür degradiert wird. Zwar gibt die Herrschaft auch hier die Grenzen vor (Bekleidungsvorschriften, Anordnung der vorzunehmenden Arbeiten usw.), kann aber jederzeit aus purer Willkür davon abweichen. Weil erniedrigte Personen rechtlos sind, haben sie weder Anspruch auf die Einhaltung von Regeln noch auf Straffreiheit bei Wohlverhalten. Hat also eine Sklavin den Fußboden gründlich gesäubert, reicht die unwahre Behauptung der Herrschaft, dass der Boden noch immer schmutzig sei, für eine Bestrafung der Sklavin wegen schlampiger Arbeit aus. Des Weiteren kann die Herrschaft ihre Sklaven jederzeit zu einem Gegenstand oder Tier degradieren: Beliebt sind hier insbesondere die Verwendung als Möbelstück, das Halten als Hund oder die Benutzung als Toilette.

Die kleine Definition der Begriffe ‚Demütigung' und ‚Erniedrigung' zeigt, dass die Anrede der jeweiligen Herrschaft durch Demütige und Erniedrigte unterschiedlich sein sollte. Da bei einer Demütigung die devote Person noch immer als Mensch wahrgenommen wird, kann die Anrede ‚normaler' sein, während eine erniedrigte Person mehr Wert auf Respekt und Anbetung der Herrschaft legen sollte.

Damit kommen wir nun zur Erörterung möglicher Anreden. Die übliche Anrede ist Herr, Meister oder Gebieter bzw. Herrin, Madame, Gnädige Frau, Meisterin oder Gebieterin. Klingt zunächst ganz toll, aber bei genauerem Hinsehen fällt die Respektlosigkeit ins Auge: Die Anrede ‚Herr' ist schließlich ein ganz banaler Bestandteil unserer Sprache, tagtäglich bezeichnen wir fremde Männer als Herren: „Guten Tag, Herr X", „Mein Kollege, Herr Y" usw. Das Gleiche gilt analog für die Bezeichnungen ‚Madame' und ‚Gnädige Frau', weil es sich dabei um allgemeine Anreden im europäischen Ausland wie Frankreich und Österreich handelt. Diese Anreden eignen sich daher bestens für demütige Personen, wobei dann der Anrede noch ein respektvoller Anhang beigefügt werden sollte, z.B. „Herr Oberstudiendirektor", „Herr Direktor" oder ähnliches. Verwendet jedoch eine erniedrigte Person diese Anrede für ihre Herrschaft, zeugt das von einem fehlenden Verständnis für die Kluft zwischen Sklaven und Herrschaft, weil eine gewisse Nähe zwischen beiden Personen hineininterpretiert werden könnte. Tatsächlich ist eine erniedrigte Person aber ein Gegenstand und sollte daher auch verbal diese Andersartigkeit von seiner Herrschaft zum Ausdruck bringen.

Die Verwendung der weiblichen Form ‚Herrin' ist hingegen möglich, weil es diese Form im täglichen Sprachgebrauch nicht gibt. Demütige Personen kommen jedoch ohne diesen Begriff aus, weil sie in der Regel Formulierungen wie „Frau Direktor", „Frau Oberstudienrat" usw. verwenden. Sollten deshalb erniedrigte Personen die Anrede ‚Herrin' wählen? Ich meine Nein, denn das Wort ‚Herrin' leitet sich vom Wort ‚Herr' ab und wird von diesem fast zur Gänze akustisch beherrscht.

Weil eine Herrin aber weiblich ist, sollte ihrer Weiblichkeit auch entsprechend gehuldigt und deshalb die Bezeichnung ‚Herrin' nicht verwendet werden.

Die gleiche Problematik wie mit dem Wort ‚Herr' finden wir auch bei der Anrede ‚Meister/in'. Der Unterschied besteht lediglich darin, dass sie im alltäglichen Sprachgebrauch keine Anrede im eigentlichen Sinne, sondern eine berufliche Bezeichnung darstellt: ‚Meister/in des Friseurhandwerks', ‚Tischlermeister', ‚Handwerksmeister' usw. In früheren Jahrhunderten wurden auch Lehrmeister als ‚Meister' bezeichnet, also Personen mit pädagogischen Aufgaben. Insoweit eignet sich diese Anrede sicher für demütige Personen, aber Leute mit einem Faible für Erniedrigungen würden auch hier den nötigen Abstand zur Herrschaft vermissen lassen und sollten nach meinem Empfinden auf diese Anrede verzichten. Erschwerend kommt hinzu, dass die Anrede ‚Meister' noch einen akzeptablen Klang hat, aber ‚Meisterin' klingt schon sehr komisch, sodass diese Anrede lieber ausschließlich von Demütigen für ihre männlichen Herrscher verwendet werden sollte.

Der Begriff ‚Gebieter/in' hat dagegen einen anderen Klang. Gerade weil dieser Begriff Erinnerungen an den Geschichtsunterricht in der Schule und Assoziationen zu Herrschern der Geschichte weckt, ist er für Demütige sicher bestens geeignet. Durch die Bedeutung ‚herrschen' des Wortes ‚gebieten' wird auch die Distanz zwischen Herrschaft und Unterworfenem deutlich. Allerdings zeigt sich dabei auch deutlich, dass dieser Begriff für Freunde der Erniedrigung wenig geeignet ist, denn gebieten oder herrschen tue ich nur über Menschen, die unter mir stehen, aber im Übrigen wie ich sind. Erniedrigte sind jedoch nur Gegenstände, die man benutzt, über die man aber nicht herrscht. Wer seine Notdurft in den Mund eines Sklaven verrichtet, benutzt diesen im üblichen Sprachgebrauch, herrscht damit aber nicht über die Toilette. Deshalb ist diese Anrede für Personen mit einem Faible für Erniedrigung weniger geeignet.

Neben diesen Bezeichnungen gibt es noch weitere Anreden, die Verwendung finden. Dazu gehören die Titel ‚Erhabene/r' und ‚Euer Hoch(wohl)geboren'. Auch hier wird der Abstand zwischen Anredendem und Angeredetem deutlich, aber den Liebhabern der Erniedrigung dürfte das oben genannte Element der Anbetung fehlen, das im Verglich zur Demütigung einen viel höheren Stellenwert haben muss. Damit sollte auch diese Anrede eher von Demütigen verwendet werden.

Ganz anders sieht es hingegen mit Titeln wie ‚Euer Lieblichkeit', ‚Euer Gnaden' und ‚Euer Herrlichkeit' aus. Hier schwingt neben der klaren Über- und Unterordnung eine Woge des Respekts und der Anbetung mit. Allerdings besitzt die Anrede ‚Euer Lieblichkeit' einen karnevalistischen Beigeschmack, und das nicht nur in Köln. Infolgedessen sollte diese Anrede schnell aus dem Sprachgebrauch der Liebhaber von Erniedrigung verschwinden.

Was bleibt, sind die Anreden ‚Euer Gnaden' und ‚Eure Herrlichkeit'. Beide sind sowohl für männliche als auch weibliche Doms geeignet. Die Silbe ‚Herr' in ‚Herrlichkeit' verliert im Gegensatz zur Bezeichnung ‚Herrin' aufgrund des langen Zusatzes die akustische Bindung zum Stammwort ‚Herr' und damit die Verbindung zum alltäglichen Sprachgebrauch. Die beiden Anreden bringen daher die Über- und Unterordnung zum Ausdruck und zeugen zudem von Respekt und Anbetung für die Herrschaft. Für Freunde der Erniedrigung sind diese beiden Anreden daher sehr gut geeignet.

Damit lässt sich folgendes Fazit ziehen: Viele der üblichen Anreden eignen sich vorzüglich für Demütige, sind jedoch für Freunde der Erniedrigung nicht oder nur mit ganz viel Wohlwollen geeignet. Der Grund liegt hierfür darin, dass im Alltag übliche Anreden ganz oder in leicht abgewandelter Form verwendet werden. Damit beinhalten sie aber noch einen mehr oder weniger großen Rest von Respekt für andere, der unsere üblichen Umgangsformen kennzeichnet. Während eines SM-Spiels wollen wir aber gerade diesen Respekt aufgeben und uns gehen lassen (natürlich, und das sei an dieser Stelle betont, im Rahmen der selbstverständlichen Regeln und Grenzen eines SM-Spiels, die im gegenseitigen Einvernehmen zwischen aktivem und passivem Teil vereinbart worden sind! Aber das sollte eine Selbstverständlichkeit sein.). Leute mit dem faible für Erniedrigung sollten daher eigene Anreden für die jeweilige Herrschaft finden und verwenden. Damit will ich meine Erörterung der Anreden beenden. Wie ihr seht, beinhalten beim SM auch Kleinigkeiten genug Potenzial für tiefergehende Überlegungen und anregende Momente. Lassen wir sie auf uns wirken und vor allem: Genießen wir sie!

Ist Onanie ein Diebstahlsdelikt?

Nicht selten kommt es vor, dass sich ein Mann einem dominanten Menschen, oftmals einer Frau, unterwirft. Als Optimum handelt es sich dann um eine persönliche zwischenmenschliche Beziehung und nicht lediglich um eine Geschäftsbeziehung wie beispielsweise in einem Dominastudio.

Mit der Unterwerfung gibt der Mann, der nun als Sub oder Sklave lebt, zahlreiche Befugnisse an seine Herrschaft ab. Allerdings lässt sich in der heutigen Gesellschaft eine Herrschaft-Sklave-Beziehung rund um die Uhr an sieben Tagen die Woche (24/7) eher nicht verwirklichen, da es schon alleine durch das Berufsleben zu starken Einschränkungen bei der Umsetzung kommen dürfte. Daneben sollte man auch die Neugier der Nachbarn und deren Redebedürfnis bis hin deren Bereitschaft zu einer Anzeige bei der Polizei, basierend auf Unverständnis für eine BDSM-Lebensweise wegen unterschiedlicher Moralvorstellungen oder aus ernsthafter Sorge, dass in der Nachbarschaft etwas Ungesetzliches passiert, keinesfalls unterschätzen.

Von diesen Prämissen ausgehend ergeben sich für den Sklaven zwei unterschiedliche Bereiche: Zum einen handelt es sich dabei um das Innenverhältnis zu seiner Herrschaft und gegebenenfalls zu anderen dem BDSM aufgeschlossen gegenüberstehenden Personen, zum anderen um das Außenverhältnis gegenüber Personen ohne BDSM-Bezug. Es liegt auf der Hand, dass sich ein Sklave im Außenverhältnis anders als im Innenverhältnis benehmen muss, weil dort andere Rahmenbedingungen vorgegeben sind. Das Berufsleben hat insoweit seine eigenen Regeln und das kollegiale Miteinander erfordert nicht selten eine Handlungsweise, der man sich aus diplomatischen Gründen nur schwer bis gar nicht entziehen kann. Allerdings verändert sich mit den unterschiedlichen Anforderungen an das Verhalten zugleich der Freiraum für Handlungen des Sklaven, da er im Außenverhältnis anders als im Innenverhältnis nicht unter der Kontrolle seiner Herrschaft steht und auch nicht mittels geeigneter Maßnahmen wie Handschellen oder ähnlichem an verbotenem Handeln gehindert werden kann.

Mit seiner Unterwerfung gibt der Sklave im Innenverhältnis gewöhnlich nicht nur seine Freiheit und seine Rechte auf, sondern auch das Eigentumsrecht an seinem Hab und Gut inklusive seines Körpers. Die Herrschaft kann daher frei über den Sklaven verfügen. Was zunächst martialisch klingt, könnte von einzelnen Personen als Freibrief für die Umsetzung aller nur denkbaren Fantasien verstanden werden, aber echte Herrschende werden immer darauf bedacht sein, die Belastbarkeitsgrenze ihres Eigentums nicht zu überschreiten. BDSM steht zwar im Ruf, eine besonders grausame sexuelle Spielart zu sein, aber letztlich steht wie so oft der Spaß und die Lusterfüllung für beide Seiten im Vordergrund. Würde sich ein Sklave permanent überfordert fühlen, wäre der von seiner Seite ausgehende Abbruch der Beziehung zu erwarten. Rechtlich steht dem nichts entgegen, denn alle Absprachen zwischen

Herrschaft und Sklaven unterliegen dem staatlichen Rechtsvorbehalt. Der Verzicht auf etwaige Rechte seitens des Sklaven würde vor keinem Gericht Bestand haben und dient also ausschließlich der freiwilligen Gestaltung des Innenverhältnisses. Eine Herrschaft könnte insoweit also vor einem ordentlichen Gericht nichts einklagen, dafür ein Sklave sehr wohl seine Freiheit.

Im Falle der bei einer Unterwerfung (freiwillig) abgegebenen Rechte und Freiheiten geht der Sklave auch seiner Verfügungsgewalt über seinen Körper verlustig. Die Herrschaft kann nun innerhalb des vom BDSM gesetzten Rahmens und innerhalb der Grenzen des verantwortlichen Handelns darüber verfügen. Gleiches gilt für die Körperflüssigkeiten Sperma, Natursekt und Kaviar: Da sie als Produkte in dem Körper entstehen, der sich im Eigentum der Herrschaft befindet, gehören auch diese Ausscheidungen der Herrschaft. Während sich für die Darm- und Blasenexkremente wohl nur im Rahmen von entsprechenden Spielen Verwendung finden lässt, verhält es sich mit dem Sperma anders. Dieser spezielle Saft ist Beweis für den Lustgewinn beim Sklaven und kann auch bei der Herrschaft zur Luststeigerung führen. Dabei ist es unwesentlich, ob ein Sklave seinen Lustsaft in der Herrschaft oder beim befohlenen Onanieren vor ihren Augen verströmen muss, entscheidend ist die dabei von der Herrschaft empfundene sexuelle Befriedigung.

Nun kommt es verständlicherweise immer wieder vor, dass männliche Sklaven auf Grund der Behandlung durch ihre

Herrschaft sexuell erregt werden – schließlich ist diese beiderseitige Erregung das wesentliche Ziel des BDSM. Diese Erregung führt zur Produktion von Sperma, das sich in den Hoden sammelt. Erfolgt keine Entladung, steigert sich der Druck im Juwelensack immer weiter und führt bei andauerndem Entladungshemmnis zu einem unangenehmen Gefühl. Deshalb ist eine Ejakulation irgendwann dringend erforderlich. Aber auch ohne Samenstau wäre eine regelmäßige Entleerung der Hoden sinnvoll, da mit zunehmendem Bestand das Denken eines männlichen Sklaven sich mehr und mehr um Sex dreht, was schließlich zu Fahrigkeit und Konzentrationsproblemen bei der Arbeit führen kann. Um diesen für die Arbeitsleistung negativen Folgen vorzubeugen, gab mir eine Domina als Faustregel mit auf den Weg, meine Hoden zwei- bis dreimal pro Woche zu entladen. Bei älteren Sklaven, also Männern ab dem sechzigsten Lebensjahr, könnte die Zahl der Ejakulationen je nach ihrer individuellen körperlichen Verfassung beibehalten oder nach unten angepasst werden.

Während eine verantwortungsbewusste Herrschaft ihrem Sklaven also mehr oder weniger regelmäßige Ejakulationen erlaubt, kann das Verbot einer solchen Entladung natürlich auch als Bestrafung eingesetzt werden. Wer schon einmal nach einer Woche Enthaltsamkeit schließlich gefesselt war und von seiner Herrschaft sexuell aufgeheizt wurde, kann das unangenehme Gefühl zwischen den Beinen sicher ebenso nachvollziehen wie das Betteln um die Erlaubnis zu einer Triebabfuhr.

Nun lassen sich sexuelle Handlungen im Innenverhältnis im Vergleich zum Außenverhältnis relativ leicht überwachen, allerdings wird es auch im privaten BDSM-Rahmen für einen Sklaven immer Wege und Möglichkeiten zum Ejakulieren ohne Wissen der Herrschaft geben. Diese Handlung würde dann in physischer Abwesenheit der Herrschaft stattfinden. Eine Spermaentladung ohne Herrschaft würde dieser weder Lust noch Freude spenden und wäre aus ihrer sicht daher verschwendet. Zudem wäre auch ein Verströmen in der Herrschaft logischerweise ausgeschlossen, so dass auch insoweit kein Nutzen für die Sklaven haltende Person entstehen würde. In Abwesenheit der Herrschaft käme also lediglich die Eigenentleerung des Hodensacks in Betracht, also das Onanieren. Die Gründe für ein solches Verhalten dürften individuell verschieden sein, allerdings liegt die Vermutung nahe, dass der Druck durch die angestaute Lust das logische Denken des Sklaven ausschaltet und er nur noch auf die eigene Lustbefriedigung oder die Beseitigung eines unangenehmen Zustandes ausgerichtet ist, in diesem Falle auf eine Entladung seiner Hoden fixiert ist. Er könnte also sein Verhalten mit der Sicherung seiner Arbeitsleistung begründen. Wäre eine solche Erklärung statthaft?

Wie schon oben festgestellt wurde, gehören der Sklave und damit sein Körper und alles, was damit zusammenhängt, seiner Herrschaft. Das umfasst auch das Recht an sexuellen Handlungen sowie an seinem Sperma. Daraus folgt, dass ein Sklave nicht ohne Einverständnis seiner Herrschaft sexuelle

Handlungen vornehmen und damit unter anderem nicht Hand an sich legen darf. Tut er es trotzdem, verstößt er gegen das Eigentumsrecht der Herrschaft und macht sich insoweit im BDSM-Rahmen strafbar. Des Weiteren gehört das Sperma ebenso wie Natursekt und Kaviar zu den im Körper produzierten Stoffen, für die ebenfalls der Eigentumsvorbehalt der Herrschaft gilt. Damit ist es einem Sklaven verwehrt, über seinen Lustsaft frei zu verfügen. Im Falle eines nicht genehmigten Onanierens mit verströmtem Sperma würde dieses nicht mehr der Freude und Lust der Herrschaft zur Verfügung stehen, sondern ihrem Gebrauch dauerhaft entzogen werden. Das Entfernen der Gebrauchsmöglichkeit aus dem Bereich des legitimen Eigentümers erfüllt damit den Tatbestand des Diebstahls und stellt insoweit ein Vergehen da. Grundsätzlich ist Onanie damit sowohl ein Diebstahlsdelikt als auch die Vornahme einer unerlaubten Handlung. Beides wären strafbare Handlungen. Fraglich ist jedoch, ob ein Sklave mildernde Umstände oder Zwänge, die das Onanieren in seinen Augen haben alternativlos erscheinen lassen, geltend gemacht werden könnten.

Wie schon oben beschrieben wurde, kann eine länger ausstehende Entladung sowohl zu einer Verringerung der Arbeitsleistung als auch zu körperlichem Unbehagen führen. Im gesteigerten Zustand kann es sogar zu einer zwanghaften Fixierung auf die Entladung und damit dem Ausblenden der Realität und damit auch der für einen Sklaven geltenden Vorschriften durch diesen kommen. Bevor dieser Zustand jedoch erreicht ist, dauert es eine geraume Weile. Es würde also genug Zeit bleiben, um die Herrschaft auf das Problem aufmerksam zu machen und um die Erlaubnis für eine Entladung bitten zu können. Versäumt ein Sklave diese Beantragung, führt er damit seinen Zustand der sexuellen Fixierung letztlich selber herbei. Durch das konkludente Handeln, hier in Form der Unterlassung zur Herbeiführung einer Erlaubnis, würden der zunehmende Hodendruck und die anschließende Onanie als kausale Folgen dieser vorsätzlichen oder zumindest fahrlässigen Unterlassung gelten müssen. Da die Ursache jedoch die versäumte oder bewusst unterbliebene Einholung der Ejakulationserlaubnis wäre, kann die Entziehung des Spermas für den herrschaftlichen Gebrauch damit nur als Diebstahl ohne mildernde Umstände gewertet werden. Der Tatbestand der unerlaubten sexuellen Handlung an sich selber wäre ebenfalls erfüllt.

Anders würde es sich jedoch verhalten, wenn dem Sklaven die Einholung der herrschaftlichen Erlaubnis nicht möglich gewesen wäre. Dies könnte im Innenverhältnis in einer längeren Abwesenheit der Herrschaft begründet liegen, im Innen- und Außenverhältnis auch in einer temporären Unerreichbarkeit. In beiden Fällen hätte der Sklave keine Möglichkeit zum Einholen der Erlaubnis und müsste dann zum Erhalt seiner Arbeitsleistung und/oder seines gesundheitlichen Zustandes zeitlich eng begrenzt aus seiner Sklavenrolle ausbrechen und onanieren. Diese Selbstbefriedigung würde also nicht vorrangig dem Ziel ‚Triebbefriedigung' des Sklaven dienen, sondern

dem Ziel, seiner Herrschaft weiterhin in gleicher Qualität dienen zu können. Damit wäre die Ejakulation kein Selbstzweck,
sondern würde einem übergeordneten Ziel dienen, das letztlich dem Interesse der Herrschaft dient. Dass die Herrschaft in
der Zeit des Problemauftretens, nämlich des zunehmenden
Drucks in den Hoden des Sklaven, nicht erreichbar war und
damit weder eine Problemschilderung noch das Einholen der
für die Problemlösung erforderlichen Erlaubnis möglich war,
kann nicht dem Sklaven angelastet werden. Er wäre damit von
dem Vorwurf der unerlaubten Handlung und des Diebstahls
freizusprechen. Allerdings muss der Sklave zuvor glaubhaft
versichern, dass der Druck nicht ‚plötzlich und unerwartet'
gekommen ist und er bei den ersten Anzeichen der außer
Kontrolle zu geratenden Lust alles in seiner Macht stehende
getan habe, um seine Herrschaft zwecks Einholung der Erlaubnis zu erreichen. Hier gibt es bei der Beurteilung des
Sachverhalts sicher einen Ermessensspielraum, jedoch ist
grundsätzlich zu berücksichtigen, dass es ein Sklave auf
Grund seiner Unterwerfung nach einer gewissen Zeit nicht
mehr gewohnt ist, Entscheidungen in Fragen der Selbstbe-
stimmung ganz korrekt treffen zu können. Deshalb sollte die
Ausübung des Ermessens auch an die bereits bestehende
Dauer der Versklavung gekoppelt werden. Kann ein Sklave
jedoch nicht glaubhaft versichern, dass er das Einholen der
Erlaubnis im Rahmen seiner Möglichkeiten hinreichend versucht habe, würde er sich zwar des Diebstahls ebenso wie der
unerlaubten Handlung strafbar machen, allerdings sollten ihm

bei der Urteilsfindung mildernde Umstände eingeräumt werden.

Anders sieht es hingegen aus, wenn das Ejakulationsverbot von der Herrschaft als Mittel einer Bestrafung eingesetzt wird. In einem solchen Fall wäre es dem Sklaven strengstens verboten, den Zweck dieser erzieherischen Maßnahme durch eine selbständig herbeigeführte Triebabfuhr zu unterlaufen. Er wäre dann der unerlaubten Handlung, des Diebstahls und zudem noch der Renitenz schuldig. Diese Kombination würde eine sehr strenge Bestrafung erfordern. Allerdings könnte sich auch hier durchaus ein mildernder Umstand ergeben: Hätte die Herrschaft es ihrem Sklaven fahrlässig ermöglicht, die auferlegte Strafe unterlaufen zu können, so wären der Diebstahl und die unerlaubte Handlung milder zu ahnden. Ursächlich hierfür wäre das Wissen einer verantwortungsbewussten Herrschaft um das Bestreben eines Sklaven, verhängte Strafen abzumildern, da diese für ihn grundsätzlich immer unangenehmer Natur sind. Man müsste also in einem solchen Fall von einem natürlichen Reflex ausgehen, der sich strafmildernd auswirken sollte. Schließlich stand nicht die Entwendung des Spermas im Fokus der Handlung, sondern das Widersetzen einer Strafverbüßung. Deshalb wäre sowohl die unerlaubte sexuelle Handlung, also das Onanieren an sich, ebenso wie der Diebstahl des Spermas milder zu bewerten als die Renitenz – diese wäre mit voller Strenge zu ahnden.

Man sieht, dass das Onanieren trotz fehlender Erlaubnis nicht zwangsläufig immer als Diebstahl zu bewerten ist.

Manchmal dient diese Handlung einem übergeordneten Zweck und sollte mit einem Freispruch enden. Bisweilen handelt es sich zwar um einen Diebstahl, bei dem es jedoch mildernde Umstände gibt, vielleicht sogar Unzurechnungsfähigkeit des Sklaven auf Grund zu hohen Samenstaus. Wie immer kommt es auf den Einzelfall an. Um als Herrschaft nicht ungerecht zu erscheinen, sollte also in jedem Fall der genaue Hintergrund der unerlaubten Triebabfuhr ermittelt und bei der Ahndung berücksichtigt werden. Der dadurch entstehende Ruf, eine strenge, aber gerechte Herrschaft zu sein, dürfte dafür der Lohn sein – und ein guter Ruf ist immer sehr erstrebenswert.

,Fliegende Holländer' und ,U-Boote'
im Sado-Maso-Bereich

Der BDSM-Bereich hat viele treue Anhänger. Für gewöhnlich handelt es sich dabei um Menschen, die ihre aktive oder passive Rolle voller Hingabe ausleben, weil es Teil ihrer Erotik ist. Daneben gibt es aber auch immer wieder Personen, die wie aus dem Nichts auftauchen und sich als Part des BDSM bezeichnen. Genauso schnell, wie sie aufgetaucht sind, verschwinden diese Leute wieder. Meistens geschieht das zu schnell, um die Richtigkeit ihrer Behauptungen überprüfen zu können. Diese Menschen pflege ich als ,Fliegende Holländer' zu bezeichnen, denn ähnlich wie das gleichnamige Geisterschiff unerwartet auftaucht, die Szenerie kurz beherrscht und dann wieder spurlos verschwindet, verhält es sich auch mit diesen Menschen.

Des Weiteren gibt es noch eine weitere Gruppe von Menschen. Diese taucht immer mal wieder für eine gewisse Zeit in der BDSM-Szene auf, um dann wieder zu verschwinden. Bei den diversen Besuchen konnte aber immerhin zweifelsfrei verifiziert werden, dass die von ihnen angegebene Rolle im BDSM tatsächlich ihrem Faible entspricht. Die zu diesem Personenkreis gehörenden Menschen werden von mir ,U-Boote' genannt, weil sie zwar dazugehören, aber auf Grund ihres lediglich sporadischen Auftauchens und plötzlichen Verschwindens an unbekannte Orte nicht greifbar sind.

In einer ruhigen Minute habe ich mich nun dieser Thematik einmal näher angenommen. Dabei beschäftigte mich die Frage, welche Beweggründe jemand haben könnte, um ein ‚Fliegender Holländer‘ oder ein ‚U-Boot‘ zu werden. Also habe ich über die beiden Arten nachgedacht. Dabei ist mir sofort ein wesentlicher Unterschied aufgefallen: Bei den ‚U-Booten‘ weiß man, dass sie Freunde des BDSM sind, während diese Frage bei den ‚Fliegenden Holländern‘ vollkommen offen ist. Es kann daher gut sein, dass es sich bei den Menschen der letztgenannten Gruppe um solche handelt, die vom BDSM als erotischer Variante gehört haben und sich, vielleicht nach vorheriger Information über Bücher, Zeitschriften und/oder das Internet, nun in der ‚Szene‘ umsehen wollen. Dann wäre ihr Besuch in gewisser Weise eine Erkundungsmission mit dem Ziel der Feststellung, ob einer der Parts innerhalb dieses Faibles ihrer Persönlichkeit entsprechen würde und daher Teil ihres Lebens werden könnte. Nun wollen Menschen in einer für sie neuen und ungewohnten Umgebung nicht gleich auffallen, was den Drang nach Anpassung hervorruft. Folglich informieren sie sich und hoffen, mit ihrem gelernten ‚Wissen‘ als ‚alte Hasen‘ angesehen zu werden. Hintergrund dieser Täuschung könnte die Sorge liegen, als Neuling keinen Einblick in die ‚wahren Geschehnisse‘ und damit ein verfälschtes Bild vom BDSM zu bekommen. Im Falle einer Erkundungsmission in eigener Sache ist man aber verständlicherweise bestrebt, die ganze unverfälschte Wahrheit sowie den gesamten Umfang des BDSM-Spektrums kennen zu lernen. Dass die Welt des

BDSM überaus vielseitig ist und daher nur mit sehr viel Zeit annähernd vollständig erkundet werden kann, dürfte einem Interessierten anfangs nicht geläufig sein. Gerade aber diese Vielfalt könnte der Grund für das häufige Auftauchen eines ‚Fliegenden Holländers' sein – dann würde er bei seinen diversen Besuchen bestrebt sein, immer neue Spielarten innerhalb des BDSM oder Varianten innerhalb einer Spielart zu erkunden. Dazu müssten diese Leute aber erkannt haben, dass sie durchaus dem BDSM nicht abgeneigt sind und lediglich die für sie ‚richtige' Variante noch nicht gefunden haben – anderenfalls sollte man vermuten dürfen, dass sie einen großen Bogen um BDSM machen und dort nie mehr gesehen werden.

Denkbar wäre jedoch auch, dass es sich bei dem Personenkreis der ‚Fliegenden Holländer' um Menschen handelt, die zwar einerseits Teil der BDSM-Anhängerschaft sein, dabei aber nicht selber Teil des Spiels werden wollen. Ihnen könnte das Gefühl der Zugehörigkeit genügen, wobei es dabei lediglich auf ihr eigenes, subjektives Empfinden ankommt und nicht auf die Einschätzung anderer. Dann wäre ihr plötzliches Verschwinden wohl eher als eine Art Schutzmechanismus zu sehen, der sie vor einem zu tiefen Hineingleiten in den BDSM-Freundeskreis bewahren soll. Was auf den ersten Blick widersinnig klingt, entpuppt sich bei näherem Hinsehen unter bestimmten Voraussetzungen als denkbare logische Handlung: Falls ein ‚Fliegender Holländer' passiv sein und eine/n Partner/in haben sollte, der/die dem BDSM nicht zugetan ist, wäre eine Teilnahme an entsprechenden Sitzungen auf Grund der dabei entstehenden Spuren denkbar ungünstig und eventuell sogar für den Fortbestand der Beziehung gefährlich. Dem könnte man entgegenhalten, dass man sich ja innerhalb der BDSM-Anhänger eine/n Partner/in suchen könnte, aber das würde das Wissen voraussetzen, dass der BDSM das eigene Faible sei. Steht man jedoch erst am Anfang der Prüfung, dürfte sich ein Eintauchen in die Welt des BDSM angesichts der zu diesem Zeitpunkt offenen Antwort auf die Frage des Gefallens oder Nichtgefallens aus Gründen der Risikominimierung für den Betreffenden von selbst verbieten. Auf einen Freund des aktiven Part würde diese Argumentation jedoch nicht zutreffen, so dass deren Beweggründe an dieser Stelle nicht fassbar werden und weiter im Dunkeln liegen.

Vor dem Hintergrund dieser Überlegungen könnte man einen ‚Fliegenden Holländer‘ also als einen Suchenden betrachten, der sich über seine persönliche Bedeutung des Faibles BDSM noch nicht im Klaren ist. Sein mehrmaliges Auftreten könnte also einer noch nicht abgeschlossenen Suche nach der Antwort geschuldet sein, aber ebenso gut auch einer gewissen Anziehung ohne Bestreben des tieferen Eintauchens. Die Gründe für letzteres müsste man in jedem Einzelfall individuell betrachten, denn die denkbaren Gründe wären Legion. Während man bei den ‚Fliegenden Holländern‘ also durchaus eine gewisse Unentschlossenheit gegenüber dem BDSM vermuten könnte, scheint die Frage des Bekenntnisses bei den ‚U-Booten‘ klar bejaht werden zu können: Während ihres aufgetauchten Zustandes beteiligen sie sich an Diskussionen und nehmen, soweit das örtlich und temporär möglich ist, an Aktivitäten teil. Deshalb ist auch relativ schnell bekannt, dass sie ihren jeweiligen Part auch tatsächlich ernst nehmen und authentisch sind. Doch warum tauchen sie dann immer wieder ab und sind vom Radarschirm verschwunden? Denkbar wäre auch hier eine Beziehung zu einer Person, die dem Praktizieren von BDSM ablehnend gegenübersteht. Warum bekennt sich das ‚U-Boot' dann aber nicht zu seiner Neigung und sucht sich eine dazu kompatible neue Beziehungshälfte? Anders als bei einem noch unentschlossenen ‚fliegenden Holländer' hat ein ‚U-Boot' sein Faible ja erkannt und für sich persönlich angenommen.

Die Antwort könnte in der Vielschichtigkeit des menschlichen Lebens liegen. Diese Komplexität bezieht auch die Beziehung zwischen zwei sich liebende Menschen ein. Bei einem dieser verschiedenen Bereiche handelt es sich um die Erotik, zu der auch der BDSM gehört. Er ist damit also lediglich ein Teilbereich des Beziehungsumfanges. Nun könnte man argumentieren, dass Erotik und Sex ein wesentlicher Bestandteil unseres Lebens seien, aber dabei würde man übersehen, dass auch die Menschen überaus unterschiedlich sind und damit verschiedene Präferenzen haben. Konkret bedeutet das eine unterschiedliche Gewichtung der Bedeutung aller Lebensbereiche einer Beziehung. Dabei kann es durchaus vorkommen, dass die Erotik bei manchen Menschen schwächer als bei anderen abschneidet. Würde das bei einem BDSM-Freund der

Fall sein, könnte er geneigt sein, sein Faible zwecks Erhalts seiner Beziehung vor dem/der Partner/in zu verbergen. Er würde sich dann sicher andere Wege suchen, um seine Neigung ausleben zu können. In erster Linie kämen dafür professionelle Angebote in Betracht, aber oftmals handelt es sich dabei gerade in den unteren bis mittleren Preisklassen um reine Geschäftsbeziehungen, bei denen sich nicht immer an die geäußerten Wünsche gehalten wird. Zeit ist Geld und so ist eine schnelle ‚Abfertigung' des Kunden eher der Regelfall denn die Ausnahme. Das dürfte in hochpreisigen Studios vermutlich anders sein, aber eine höhere Geldausgabe lässt sich bei Normalverdienern schwerer verbergen als Spuren für den Fall des passiven Faibles – im Falle der Bevorzugung des aktiven Parts würde es hingegen keine Spuren geben. Vielleicht ist also die eher mittelmäßige Leistungsbereitschaft in erschwinglichen Preiskategorien ursächlich für ein gelegentliches Auftauchen in der Fangemeinde des BDSM. Es könnte durchaus die Abwechslung sein, die ein ‚U-Boot' vom Alltag braucht, aber bei professionellen Studios zu erschwinglichen Preisen nicht findet. Damit wäre nicht auszuschließen, dass das Auftauchen die Funktion eines Ventils haben könnte, durch das der Wunsch nach einem Erleben des BDSM befriedigt werden würde, um dann wieder eine Zeitlang den gewohnten Alltag leben zu können. Die so handelnde Person würde damit ihrem Faible nachgehen, ohne die bestehende Beziehung aufgeben zu müssen oder deren Aufgabe durch den/die Partner/in zu riskieren. Auf diese Weise würde sich das Auf- und Abtauchen eines ‚U-Bootes' mit einer Ventil- und zugleich Schutzfunktion erklären lassen.

Natürlich kann das Auftauchen von ‚Fliegenden Holländern' und ‚U-Booten' auch andere Gründe haben. Da es zu diesem Thema keine empirischen Daten gibt, können letztlich nur Vermutungen über die Beweggründe angestellt werden. Die vorliegende Betrachtung ist ein Versuch, sich dieser Thematik etwas anzunähern und sie ein klein wenig zu erhellen. Ob das gelungen ist oder nicht, muss sich zeigen – vielleicht gelingt es ja jemandem, neue Erkenntnisse zu gewinnen oder andere Argumente zu finden, anhand derer man die Diskussion konkretisieren könnte. Ich bin gespannt...

Kurzgeschichten

Der Eignungstest

Kaum etwas ist so frustrierend wie die Arbeitslosigkeit. Trotz eifrigster Bemühungen ähnelt die Suche nach einem Job oft der Suche nach der berühmten Stecknadel im Heuhaufen. Auch Andreas hatte bereits entsprechende Erfahrungen gesammelt: Trotz guter Schulnoten und einer abgeschlossenen Ausbildung war es ihm seit drei Jahren nicht möglich gewesen, eine Anstellung zu finden. Nur mit dem Arbeitslosengeld und ohne die großzügige Unterstützung seiner Eltern würde er kaum über die Runden kommen, soviel war ihm klar. Deshalb musste sich auch schnellstmöglich etwas an seiner Situation ändern. Fragte sich nur, was und wie. Andreas war jedenfalls fest entschlossen, jede Chance auf einen Arbeitsplatz zu nutzen.

Am folgenden Samstag kaufte Andreas wie üblich die Wochenendausgabe der örtlichen Tageszeitung. Rasch überflog er die wenigen Stellenanzeigen, als sein Blick an einer kleinen Annonce hängen blieb:

Männlicher Rollstuhlfahrer, Mitte fünfzig, sucht für sofort

Hausdiener/in.

Bewerber/innen sollten extrem belastbar sein und ungewöhnliche Situationen lieben. Geboten wird ein Arbeitsplatz in H... in einem konsequenten SM-Haushalt. Um meine Neigung mit der Funktion als Dienstherr verbinden zu können, sind eine devote Einstellung und kompromissloser Gehorsam ohne Wenn und Aber seitens der Bewerber/innen unbedingte Voraussetzung. Aussagekräftige Bewerbungen mit Angabe der Gehaltsvorstellung bitte an Chiffre...

‚Donnerwetter', dachte Andreas, ‚Diese Anzeige ist der Hammer!' Sie übte auf ihn eine wahre Faszination aus. Seine SM-Erfahrungen beschränkten sich zwar auf einige wenige Besuche in einem Domina-Studio, aber aus der anfänglichen Neugierde war recht schnell wirkliche Leidenschaft und echter Spaß geworden. Leider konnte er sich seit Beginn seiner Arbeitslosigkeit diesen Luxus nicht mehr leisten, aber immerhin gönnte er sich hin und wieder entsprechende Lektüre. Durch die Geschichten hatte er sich ein gewisses Verhalten, von dem er annahm, dass es in der Realität einer Herrschaft gefallen würde, antrainiert und in den vielen Stunden der Arbeitslosigkeit in Gedanken durchgespielt und dabei immer weiter ausgefeilt.

,Eigentlich müsste ich für die Stelle geeignet sein', dachte Andreas deshalb, ,Die devote Einstellung habe ich und Gehorchen kann ich auch. Andererseits wäre es schon ein komischer Job. Soll ich mich also bewerben oder es lieber doch sein lassen?' Zweifel begannen sich zu regen, nicht zuletzt auch deshalb, weil er seine Neigung bislang fast ausschließlich in seiner Phantasie ausgelebt hatte und noch nie für längere Zeit als Diener unter Echt-Bedingungen gefordert worden war. Würde er den Anforderungen in der Realität standhalten können? Diese Frage beschäftigte ihn zunehmend.

Die übrigen Stellenanzeigen gaben wie immer nichts her. Andreas Blick wanderte daher wieder zu der Stellenanzeige des Rollstuhlfahrers zurück. Nachdem er sie ein viertes und schließlich sogar ein fünftes Mal gelesen hatte, gestand er sich ein: ,Die Stelle reizt mich, auch wenn mir eine Frau als Herrschaft lieber wäre. Aber was soll's, ich habe ja nichts zu verlieren. Was kann schon Schlimmes passieren? Im Zweifelsfalle werde ich eine Absage bekommen und das bin ich ja gewohnt. Und wenn ich Glück habe und genommen werde, habe ich eben einen etwas außergewöhnlichen Job.'

Wegen seiner Zugehörigkeit zum männlichen Geschlecht schätzte Andreas seine Chancen bei einem männlichen SM-Chef allerdings als überaus gering ein. Andererseits war die

Stellenanzeige an beide Geschlechter gerichtet, also konnte es ja nicht schaden, seine Unterlagen hinzuschicken. Trotzdem überlegte er noch lange hin und her und wog alle Argumente immer wieder gegeneinander ab. Darüber verging die Nacht, aber am nächsten Morgen hatte er eine Entscheidung gefällt: Er schrieb eine Bewerbung in einem, wie er glaubte, demütigen Tonfall, ergänzte seinen Lebenslauf um eine Schilderung seiner eher spärlichen SM-Erfahrungen, fügte seine Zeugnisse, ein Lichtbild sowie eine kurze Begründung seiner eher bescheidenen Gehaltsvorstellungen bei und schickte den Brief ab. Als der Umschlag mit einem leisen ‚POFF' im Briefkasten landete, überkam Andreas ein mulmiges Gefühl. Die Zweifel kamen mit großer Wucht zurück und er fragte sich, ob seine Entscheidung wirklich richtig gewesen war. Aber nun war es ohnehin zu spät, der Brief war aufgegeben! Er konnte nur noch abwarten.

Die nächsten Tage lebte Andreas mit Gefühlen, die denen einer Achterbahnfahrt glichen: Einerseits machte er sich keine wirkliche Hoffnung auf die Stelle, andererseits hatte er eine gespannter Erwartungshaltung auf die Reaktion des Unbekannten. Hinzu kam, dass er die Person hinter der Stellenanzeige wirklich gerne kennen gelernt hätte, eine entsprechende Neugier konnte er nicht verhehlen.

Nachdem auch nach zwei Wochen noch keine Antwort eingegangen war, hakte Andreas die Bewerbung innerlich ab. Stattdessen konzentrierte er sich auf die übliche Sichtung der Stellenangebote im Computer der ARGE, die seit ein paar

Jahren für die Betreuung der länger als ein Jahr arbeitslosen Menschen zuständig war, sowie der Tageszeitung. Wie nicht anders zu erwarten war, gab es für ihn keine Stelle.

Als er eines Tages von einem erneut unergiebigen Besuch bei der ARGE nach Hause zurück kam, fand er einen Brief ohne Absender in der Post. Seine Anschrift war korrekt, aber in einer ihm unbekannten Handschrift verfasst. Rasch riss er den Umschlag auf und fand darin die Einladung zu einem ‚Eignungstest als Hausdiener in einem SM-Haushalt'. Sofort erinnerte er sich an seine Bewerbung, die inzwischen schon vier Wochen zurücklag. In dem Schreiben war auch die Anschrift des Haushalts zu finden. Unterzeichnet war der Brief mit ‚Manfred', aber weder der Name noch die Anschrift sagten ihm etwas. Trotzdem verspürte er ein eigenartiges Kribbeln im Bauch. „Jetzt wird es also doch noch ernst", murmelte Andreas vor sich hin und wurde unsicher. „Soll ich wirklich hingehen oder lieber nicht?", fragte er laut das leere Zimmer, aber gleich darauf schalt er sich einen Narren. „Ich will nicht länger arbeitslos sein, die Sache reizt mich, ich habe A gesagt, also sage ich jetzt auch B!", rief er sich zur Ordnung. Mulmig war ihm trotzdem.

Pünktlich zur angegebenen Zeit fand sich Andreas mit Hemd und Krawatte bei der genannten Adresse ein. Es handelte sich dabei um ein hübsches Haus, dessen ebenerdiger Zugang es von den übrigen Reihenhäusern unterschied, bei denen eine Treppe zur Haustür hoch führte. Andreas klingelte und brauchte nur kurz zu warten. Eine attraktive junge Frau mit kurzem

Rock und engem T-Shirt öffnete ihm die Tür. „Sie wünschen?“, fragte sie mit einem kleinen osteuropäischen Akzent in der Stimme.

„Äh – Ich komme wegen eines Vorstellungsgespräches“, stammelte Andreas, der nicht mit einer Frau im Hause gerechnet hatte. Er spürte geradezu, wie ihm das Herz in die Hose rutschte. „Wahrscheinlich komme ich ungelegen oder habe mich im Termin geirrt. Entschuldigen Sie bitte.“ Damit wandte er sich rasch ab und wollte gehen.

„Nein, warte“, rief die junge Frau, „Wenn du Andreas bist, hast du genau jetzt deinen Eignungstest bei Manfred.“

„Ich bin Andreas“, sagte er zögernd und blieb stehen, „Aber ich dachte, dass ich den Hausherrn alleine antreffen würde.“ Die überraschende Situation ließ seine Stimme leicht vibrieren.

„Falsch gedacht“, tönte eine Stimme aus dem Flur, „Komm jetzt endlich rein, ich habe nicht ewig Zeit für deinen Test.“

Von der unerwarteten Entwicklung immer noch sichtlich irritiert, betrat Andreas das Haus und wurde von der jungen Frau in ein geräumiges Wohnzimmer geführt. Dort saß ein Mann im Rollstuhl, der eben noch im Flur gewesen sein musste, denn Andreas sah noch, wie er den Rollstuhl wendete, um mit dem Blick in Richtung Zimmertür zum Stehen zu kommen.

„Hallo erstmal“, begrüßte er Andreas, allerdings ohne ihm die Hand zu reichen. „Du bist pünktlich, dass ist eine gute Eigenschaft, ein Ausdruck von Zuverlässigkeit. Heutzutage leider ziemlich selten.“

„Ja", bestätigte Andreas zögernd, „Das stelle ich auch immer wieder fest. Aber bislang hat mir diese Eigenschaft auch keine Arbeit gebracht."

„Die alten Eigenschaften sind heute nicht mehr viel wert. Übrigens: Ich heiße Manfred." Die Hand reichte er Andreas immer noch nicht.

„Ich bin der Andreas, aber das haben Sie sich bestimmt schon gedacht", antwortete Andreas und versuchte einen demütigen Eindruck zu erwecken.

„Ja, das war nicht schwer zu erraten. Das ist übrigens Maria", meinte Manfred und deutete auf die junge Frau, die jetzt neben seinem Rollstuhl stand, „Sie kommt aus Polen und ist meine Pflegerin."

„Aus Polen?", fragte Andreas erstaunt, „Ich dachte immer, dass die da so streng katholisch sind. Wie passt das denn zu dem Haushalt, der in der Stellenanzeige beschrieben war?"

„Wir sind auch furchtbar katholisch", lachte Maria, „Aber sagen wir: Ich bin lernfähig und von meiner Herrschaft und seiner Lebensweise fasziniert. Außerdem", sie zwinkerte ihm kurz zu, „beruht auch die katholische Lehre auf dem Prinzip des unbedingten Gehorsams und der Bestrafung bei Verstößen. Das hat mir die Eingewöhnungsphase in diesem Haushalt sehr erleichtert."

„Und weil polnische Krankenschwestern billiger als die einheimischen sind, habe ich mir halt von dort jemanden kommen lassen", ergänzte Manfred. „Von meinen Einnahmen als Schriftsteller hätte ich mir zwar auch eine Schwester von hier leisten können, aber die sind mir viel zu emanzipiert. Dass ich mit Maria nicht nur eine hervorragende Krankenschwester, die noch weiß, was Weiblichkeit bedeutet, sondern auch eine sehr tolerante Schwester bekommen habe, war allerdings sehr großes Glück. Nicht jede hätte meine Passion für SM ertragen. Ich weiß das, ich habe es ausprobiert! Da haben schon ein paar zur Probe offen herumliegende Hefte genügt, um in deren Augen ein Perverser zu sein, für den sie um kein Geld der Welt arbeiten wollten. Aber wegen meiner Behinderung müssen halt bestimmte pflegerische Tätigkeiten gemacht werden und dafür habe ich lieber ausgebildetes Personal zur Verfügung. Maria ist für mich daher ein wahrer Glücksgriff! Trotzdem möchte ich natürlich meine SM-Neigung ausleben, soweit die Behinderung das zulässt. Ach ja: Um meine Pflege brauchst du dich nicht zu kümmern, falls du die Stelle bekommen solltest. Du bist zum Putzen und Bedienen da, außerdem hast du Maria bei der Wäsche zur Hand zu gehen. Nur beim Lagern von mir sollst du sie mit ein paar gelegentliche Handgriffen hier und da unterstützen."

„Gut", erwiderte Andreas, aber seiner Stimme war die Erleichterung über seine etwaige Unzuständigkeit bei der pflegerischen Tätigkeit anzuhören. Dann konnte er sich eine Frage aber nicht verkneifen: „Was fehlt Ihnen eigentlich genau?"

„Ein Unfall vor rund zwanzig Jahren. Ich hatte etwas Alkohol getrunken und mich in purer Selbstüberschätzung ans Steuer gesetzt – der Klassiker eben. Irgendwo habe ich eine Kurve verpasst und dann stand ein Baum im Weg. Zum Glück habe ich mich nur selber geschädigt, aber mit meinem Job als Handelsreisender war es Essig. Also habe ich auf Schriftsteller umgesattelt, war ohnehin ein Hobby von mir. Außerdem ist das ein Job, den ich auch als Querschnittsgelähmter machen kann."

Andreas nickte beeindruckt von der Offenheit, mit der Manfred von seinem Unfall sprach.

„Aber nun lass uns mal testen, ob du für den Job als Diener überhaupt geeignet bist", fuhr Manfred fort, um gleich darauf im Befehlston zu fordern:. „Zieh dich bis auf die Unterhose aus, aber ein bisschen plötzlich!"

Andreas hatte zwar insgeheim mit einem solchen Befehl gerechnet und sich mental darauf vorbereitet, aber da war er noch in dem Glauben gewesen, mit dem Rollstuhlfahrer alleine zu sein. Mit einer Betreuungskraft, zumal noch einer weiblichen, hatte er nicht gerechnet. Dementsprechend unangenehm war es ihm nun, sich auszuziehen. Andererseits wollte er diesen Job, denn das Geld konnte er verdammt gut gebrauchen. ‚Also zum Teufel mit der Schüchternheit', dachte er und zog sich nach einem weiteren Moment des Zierens aus. Gleich darauf war er bis auf einen schwarzen Slip unbekleidet. Aus den Augenwinkeln bemerkte er Marias interessierten Blick. Auch Manfred musterte eingehend seine Vorderseite, bevor sich Andreas auf seinen Wink hin umdrehen musste.

„Naja, du hast ein bisschen wenig Muskeln", mokierte sich Manfred anschließend, „Die Unterhose ist auch nicht gerade passend für einen Diener. Die traditionellen weißen Schlüpfer aus Feinripp mit Eingriff wären für einen Diener passender als modische Unterhosen." Nach einer kurzen Pause fuhr er fort: „Na gut, dann zieh jetzt die Unterhose aus und bring sie her. Anschließend verschränkst du die Arme hinter dem Kopf und hältst zwei Meter Abstand."

Andreas errötete wegen Maria vor Scham, stieg aber mit einem gemurmelten „Ja, Herr" wie befohlen aus seinem Slip.

„Was soll diese scheiß Anrede?", wurde er sofort von Manfred angeschnauzt. Andreas zuckte erschrocken zusammen. „Auf der Straße redest du jedes dahergelaufene Arschloch mit ‚Herr' an, und jetzt wirfst du mich mit denen in einen Topf? Diese Respektlosigkeit ist eine riesige Unverschämtheit! Rede mich gefälligst mit ‚Gebieter' an!", fauchte Manfred.

„J-ja, Gebieter", stammelte Andreas verzagt.

„Wenn du schon für mich arbeiten würdest, würdest du für diese Unverschämtheit die Peitsche kriegen! Merk dir das! Und jetzt schlag da keine Wurzeln, sondern tu, was ich dir befohlen habe!"

„Ja, Gebieter", sagte Andreas mit wieder etwas kräftigerer Stimme. Dann beeilte er sich, seinen Slip an Manfred zu übergeben und zurückzutreten. Vor Schreck und Aufregung hatte er sogar Maria kurzzeitig aus seinen Gedanken verdrängt.

„Kannst du nicht hören oder bist du zu blöd, dir zwei Befehle gleichzeitig zu merken?", schnauzte ihn Manfred an. „Ich habe gesagt, dass du die Hände hinter dem Kopf verschränken sollst, also tu das gefälligst, du Blödmann!"

Andreas beeilte sich, nach einem hastig gemurmelten „Ja, Gebieter" die befohlene Stellung einzunehmen. Zu gerne hätte er seine Genitalien bedeckt, aber wegen der eingenommenen Stellung waren sie für alle Anwesenden deutlich sichtbar. Als er aus den Augenwinkeln Marias amüsierten Blick bemerkte, verdunkelte sich das Peinlichkeits-Rot in seinem Gesicht um eine weitere Nuance.

Manfred tat, als würde er von alldem nichts bemerken und kontrollierte akribisch die Unterhose. Dann richtete er seinen Blick wieder auf Andreas: „Der Schlüpfer ist wegen seiner Farbe nicht nur anmaßend für einen Diener, sondern auch noch fleckig. Außerdem riecht er auf penetrante Weise nach Fisch. Einfach ekelhaft"

Andreas spürte, wie die Schamesröte in Wut umzuschlagen drohte. Er war frisch geduscht und hatte saubere Sachen angezogen, zu denen natürlich auch eine frische Unterhose gehörte. Es war ungeheuerlich, was Manfred da behauptete. Aber ihm dämmerte, dass das Ganze ein Test war, um seine Selbstbeherrschung zu prüfen. Deshalb schluckte er seine Erwiderung lieber hinunter und schwieg.

Während des kurzen Gedankenganges von Andreas hatte Manfred seine nackte Vorderseite eingehend mit Blicken inspiziert. Nachdem Andreas dem scharfen „Umdrehen!" Folge geleistet hatte, wurde auch seine entblößte Rückseite aufmerksam betrachtet.

„Diese dichten Wälder auf deinem Körper sind auch widerlich!", schimpfte Manfred, „Wolltest du mal als Affe im Zoo arbeiten?" Es folgte eine lange Litanei über den Zusammenhang von fehlender Sauberkeit und Körperbehaarung. „Wie die Achselhöhlen auch gehören die Beine, der Sack und der Arsch rasiert", schloss Manfred endlich. „Immerhin sind deine Achseln rasiert, wenigstens etwas", fügte er in einem friedlicheren Tonfall hinzu.

Andreas hoffte, dass die Inspektion seines Körpers nunmehr abgeschlossen war, aber da hatte er sich getäuscht.

„Bück dich", kommandierte Manfred ohne Rücksicht auf etwaige Schamgefühle von Andreas. Dieser gehorchte augenblicklich, aber am liebsten wäre er gegangen. Das Vorstellungsgespräch hatte er sich ganz anders vorgestellt. Wäre er mit dem Mann alleine, wäre es in Ordnung gewesen, aber in Gegenwart einer Frau, zudem noch einer so attraktiven? Das war zuviel! Allerdings wollte Andreas nicht vor Maria als Feigling dastehen, der sich erst als SM-Anhänger bezeichnet und dann den Test aus Schamgefühl abgebrochen hatte. ‚Dann lieber durchfallen und deshalb nicht den Job bekommen', dachte er. Also beschloss er, bis zum Ende mitzumachen. Je schneller er also gehorchte, desto eher war dieser erniedrigende Eignungstest vorüber.

„Maria, meine Liebe", säuselte Manfred, nachdem Andreas in gebückter Haltung vor ihnen stand, „Würdest du bitte das Poloch des Bewerbers kontrollieren?"

„Natürlich", lachte Maria und trat seitlich an Andreas heran. Bevor diesem die Bedeutung der Worte aufging, befal sie ihm, mit seinen eigenen Händen seine Pobacken auseinander zu ziehen. Danach befingerte sie ausgiebig seine Rosette. Manfred kam mit seinem Rollstuhl ebenfalls ganz nah an die beiden herangefahren und betrachtete die intime Körperstelle mit großer Aufmerksamkeit. Als er nach einiger Zeit kurz nickte, steckte Maria ihren Mittelfinger tief in Andreas' Anus. Dieser erstarrte, aber als Maria ihren Finger etwas in ihm bewegte, konnte er ein leises Stöhnen nicht verhindern, während sein Körper sachte hin- und herpendelte. Plötzlich zog Maria den Finger mit einem Ruck aus der engen Körperöffnung heraus. Andreas atmete bei der ruckartigen Bewegung reflexartig tief ein. Dann durfte er sich wieder aufrichten und umdrehen, wofür er allerdings etwas Zeit benötigte. Trotzdem wurde er noch Zeuge, wie Manfred an Marias Finger schnupperte.

Habe ich mir doch gedacht", stellte der gerade fest, „Dein Arschloch ist schmutzig und riecht eklig, das reinste Stinkloch. Mit Körperhygiene hast du es wohl nicht so."

Andreas wäre am liebste im Erdboden versunken. So etwas ließ sich niemand gerne sagen, schon gar nicht in Anwesenheit einer attraktiven Frau. Offensichtlich wollte Manfred ihn vor Maria ein weiteres Mal demütigen.

Zu weiteren Überlegungen kam Andreas jedoch nicht. Auf Anweisung von Manfred kontrollierte Maria seine Zähne, seine Ohren und seine Nasenlöcher, wobei sie sich für jede Öffnung sehr viel Zeit nahm. Andreas kam die Behandlung wie die Darstellung eines antiken Sklavenmarktes neulich im Fernsehen vor. Nur dass es hier ein reales Erlebnis und keine nachgestellte Szene war.

„Die Zähne sind gelb und in schlechtem Zustand, Ohren und Nase quellen vor Haaren über", gab Maria schließlich ihre Untersuchungsergebnisse nüchtern bekannt. Dabei lächelte sie Andreas so freundlich an, als hätte sie ihm gerade das schönste Kompliment der Welt gemacht. Manfred nickte nur stumm und tat so, als ob er mit nichts anderem gerechnet hätte. Dann schien er in Nachdenken versunken zu sein. „Hm", brummte er nach einiger Zeit, „Testen wir jetzt mal dein Verhalten und deinen Gehorsam. Küss Maria die Füße!"

Nun glaubte Andreas sein im Domina-Studio anerzogenes und durch die Lektüre von SM-Literatur verbessertes Verhalten einsetzen zu können: „Ja, Gebieter", sagte er laut und deutlich, bevor er auf die Knie sank, um die zierlichen Füße der Krankenschwester zu küssen. Er tat das ausgiebig und voller Hingabe. Seine damalige Domina hatte ihm beigebracht, erst aufzuhören, wenn sie es ausdrücklich befahl. So hielt er es nun auch hier.

„Das reicht", ordnete Manfred nach einiger Zeit an, „Jetzt küss ihr den Arsch!"

Sofort kroch Andreas auf allen Vieren um die hübsche Krankenschwester herum und küsste ihren Minirock dort, wo er ihr Poloch vermutete. Aber schon dröhnte wieder Manfreds Stimme durch den Raum: „Du sollst ihren Arsch küssen, verdammt noch mal, nicht ihren Rock! Kennst du nicht mal den Unterschied zwischen einem Arsch und einem Rock?" An Maria gewandt fuhr er etwas sanfter fort: „Hilf dem Dummkopf mal etwas, meine Liebe."

Sofort hob Maria ihren Minirock hoch. Andreas bemerkte erst jetzt, dass sie kein Höschen trug. Obwohl Maria ein prachtvolles, wohlgeformtes Hinterteil hatte, wagte Andreas keine lange Betrachtung ihrer Globen. Ohne nachzudenken begann er die Hinterbacken und das Poloch mit heißen Küssen zu bedecken.

Manfred stoppte das Treiben nach einer geraumen Weile. „Jetzt ist ihre Möse dran!", ordnete er an.

Sofort spreizte Maria die Beine und Andreas begab sich dazwischen. Dann machte er sich ohne Umschweife an die Befehlsausführung. Das war nicht leicht, denn weil sie nur im Stehen ihre Beine spreizte, musste Andreas seinen Oberkörper in einer Art abgewandelten Liegestütz vom Boden hochstemmen, um seinen Kopf an ihre Lustgrotte zu bekommen. Mit etwas Mühe schaffte er es aber. Seine Haltung war für ihn zwar sehr anstrengend, aber es reichte, um den Befehl auszuführen. Zu seiner Überraschung musste er feststellen, dass Maria zwischen den Beinen bereits klatschnass war, offensichtlich gefiel ihr, wie ihn Manfred bisher erniedrigt hatte. Wie schon bei der Liebkosung von Marias Gesäß erfüllte Andreas auch diese Aufgabe mit voller Hingabe. Während er die zarte Höhle liebkoste und Marias Liebessaft schluckte, fragte er sich, wie viele Eignungstests wohl schon stattgefunden hatten und ob alle Bewerber Maria lecken mussten? Ob auch die weiblichen Bewerber diesen Test machen mussten? Bei diesem Gedanken richtete sich sein Lustspeer zu voller Größe auf, ohne dass es Andreas richtig bemerkte.

Schließlich beendete Manfred das Treiben. „Nun, Maria", meinte er, „wie beurteilst du den Bewerber?"

„Beim Küssen meines Gesäßes war er ziemlich ungestüm", keuchte sie, noch ganz benebelt von dem Zungenspiel, „Und Lecken tut er wie ein Anfänger. Wenn ich mir nicht die ganze Zeit heiße Gedanken gemacht hätte, wäre ich nicht feucht, sondern so trocken wie die Wüste Gobi gewesen."

Das war beinahe zuviel für Andreas: „Was...", protestierte er lautstark, biss sich aber gleich darauf auf die Lippen. Er wusste, dass Maria nicht nur nass, sondern auch gekommen war, aber als Diener durfte er sie unmöglich der Lüge bezichtigen. ‚Bestimmt war das, wie schon vorhin, wieder ein Test meiner Selbstbeherrschung', dachte er. ‚Scheiße, irgendwie muss ich aus dieser Nummer wieder herauskommen, sonst habe ich es wohl wirklich vermasselt!'

Noch während Andreas nach einem Weg suchte, wie er seinen Fehler auszubügeln könnte, ließ sich Manfred vernehmen: „Also halten wir fest: Du bist nicht nur ein schlechter Mösenlecker und Arschküsser, sondern auch noch vorlaut und aufsässig. Dein Schwanz", dabei warf er einen anzüglichen Blick auf Andreas' hoch aufgerichteten Liebesspeer, „ist ziemlich mickrig und verdient nicht mal die Bezeichnung Pimmel, sondern eher Pimmelchen, aber ganz bestimmt nicht Schwanz! Wenn ich deine Unsauberkeit und all die anderen Unzulänglichkeiten dazurechne, ergibt das eine verdammt schlechte Bilanz für dich, meinst du nicht auch?" Dabei blickte er Andreas scharf ins Gesicht. Dieser fiel nach einem Moment der Überraschung sofort wieder in die Rolle des demütigen Dieners.

„J-Ja, Gebieter", stammelte er, „Ich, also, ich habe mich eben hinreißen lassen. Tut mir leid, ehrlich! Wenn Sie mich dafür bestrafen wollen", Andreas schluckte schwer, aber vielleicht war das ja die Lösung: „Dann bitte ich um strenge Bestrafung. Ansonsten gelobe ich Besserung!" Kaum war das letzte Wort aus seinem Munde heraus, senkte er den Blick zu Boden.

Manfred betrachtete ihn einige Zeit nachdenklich. Dann wechselte er einen Blick mit Maria. „Okay, das war der letzte Test. Du kannst dich wieder anziehen."

Andreas beeilte sich, der Aufforderung nachzukommen. Ihm war klar, dass er mit seinem Aufbegehren wahrscheinlich alles verdorben hatte und der Anfall von Demut am Ende nicht ausgereicht haben dürfte, seinen Fehler zu korrigieren. Deshalb wollte er jetzt nur noch so schnell wie möglich aus diesem Haus heraus und möglichst weit weg von diesen Leuten sein. ‚So entsetzlich bin ich noch nie gedemütigt worden', dachte er, ‚Dabei war ich mir so sicher, auf alles vorbereitet zu sein.' Dann räumte er in Gedanken ein: ‚Aber toll war es irgendwie trotzdem.'

Als er mit dem Anziehen fertig war, trat er wieder vor Manfred und Maria, um sich trotz allem zu verabschieden und die Angelegenheit halbwegs anständig zu beenden. Als erster ergriff jedoch Manfred das Wort: „Okay, Bürschchen, du hast den Test überstanden. Dein Gehaltswunsch ist in Ordnung Wann kannst du anfangen?"

„Andreas glaubte erst an einen Hörfehler, aber dann hatte er einen anderen Verdacht: „Schon gut, schon gut", seufzte er resigniert, „Ihr habt euren Spaß gehabt und ich Blödmann habe auch noch bis zum Ende mitgespielt. Aber jetzt reicht es! Ihr müsst mich nicht auch noch mit meiner Arbeitslosigkeit verarschen!"

„Das tue ich auch nicht", entgegnete Manfred ruhig und lächelte freundlich. „Außer dir hat es acht weitere Bewerber gegeben, hauptsächlich Frauen. Keiner von denen hat den gesamten Test durchlaufen, spätestens nach der Behauptung, dass ihr Arschloch stinkt, hat jeder abgebrochen. Du hast trotzdem bis zum Schluss durchgehalten, das finde ich bemerkenswert. Du scheinst wirklich zum Diener geboren zu sein, auch wenn du dir noch gelegentliche Aufsässigkeiten erlaubst. Aber das ist nichts, was man nicht mit Peitsche und Rohrstock in den Griff bekommen kann. Also, wenn du willst, hast du den Job. Allerdings habe ich das Erziehungsrecht, und ich sage dir gleich, dass dich bei der Arbeit nicht nur Beschimpfungen, sondern auch harte Schläge und viele Erniedrigungen erwarten werden! Jede noch so kleine Nachlässigkeit oder Verfehlung werde ich hart bestrafen oder von Maria ahnden lassen, und du wirst mit Sicherheit manches Mal heulen und wünschen, nicht hier zu sein. Willst du es trotzdem versuchen?"

Manfred bot ihm zum ersten Mal an diesem Tag die Hand an. Andreas war von der plötzlichen Wendung irritiert, aber dann begriff er langsam, dass die ganzen Demütigungen wirklich nur ein Test waren, um seine behauptete devote Neigung zu überprüfen. Erleichtert schlug er ein. Endlich hatte er eine Arbeit, die zudem überaus interessant zu werden versprach.

Nachdem Maria den vorbereiteten Arbeitsvertrag gebracht und Manfred ihm erklärt hatte, dass Andreas für die Welt der ‚Normalos' als sein persönlicher Assistent gelten werde, besiegelten die beiden das Arbeitsverhältnis mit ihren Unterschriften. Anschließend wurde Andreas auch von Maria zu seinem Erfolg beglückwünscht. Als sie ihm nach dem Händedruck auch noch zart auf die Wange küsste, hauchte sie ihm leise ins Ohr: „Das Lecken musst du aber wirklich noch lernen! Aber keine Sorge, ich werde es dir schon beibringen, notfalls auf die harte Tour." Damit entließ sie ihn in eine bessere Zukunft – und mit einer plötzlich sehr engen Hose.

Die Strafe für freche Blicke

Meine Eheherrin Monika und ich waren auf der Rückfahrt von einer Geburtstagsfeier. Da unsere Bekannte einen runden Geburtstag feiern konnte, hatte sie die Festlichkeit entsprechend groß aufgezogen. Monika und ich amüsierten uns wie alle anderen Gäste auf das Köstlichste. Zumindest war das mein Eindruck gewesen.

Während der gesamten Fahrt von der Party nach Hause war meine Eheherrin auffallend still. Alle von mir begonnenen Gesprächsansätze wurden von ihr nur einsilbig aufgenommen, was mir wegen der Aufgekratztheit nach der Party zunächst nicht auffiel. Mit zunehmender Fahrtdauer machte mich Monikas Schweigsamkeit dann aber doch stutzig. Ihre Einsilbigkeit änderte sich jedoch schlagartig, als wir unser Haus betraten. Kaum war nämlich die Tür ins Schloss gefallen, als sie mich auch schon wutentbrannt anblaffte: „Du elendes Schwein, du hast dich unmöglich aufgeführt!" Aus ihren blauen Augen war der sanfte Schimmer gewichen, den sie während der Party versprüht hatte, stattdessen funkelte mir nun blanker Zorn entgegen.

Natürlich wollte ich mich sofort rechtfertigen, nur fiel mir leider partout kein Fehlverhalten ein.

Während ich noch krampfhaft in meinem Gedächtnis kramte, ließ sie schon den nächsten Anschnauzer folgen: „Was hast du dir dabei gedacht, he?"

„Äh – was ha-habe ich denn Schlimmes getan?", wagte ich schüchtern nachzufragen.

Herrin Monika sah mich mit großen Augen an. Offensichtlich hatte ihr meine Frage den Atem geraubt, aber gleich darauf hatte sie sich wieder im Griff. Mit gefährlich leiser Stimme fragte sie: „Du weißt nicht, was du getan hast? Hast du tatsächlich nicht den Hauch einer Ahnung?" Ich kannte diese Stimmlage nur zu gut und wusste, dass ich nun jedes meiner folgenden Worte ganz genau abwägen musste, um ihr nicht versehentlich eine Steilvorlage zu liefern. Noch immer hatte ich keinen Schimmer von dem, was sie so in Rage gebracht hatte.

Wohl wegen meiner ausbleibenden Reaktion wurde ihre Stimme jetzt laut und war dabei so scharf wie ein frisch geschliffenes Schwert: „Du weißt es nicht? Dann werde ich es dir sagen: Du starrst fremden Frauen ungeniert auf die Titten, obwohl ich neben dir stehe und du dich ganz alleine auf mich zu konzentrieren hast!!!"

Nun fiel es mir wieder ein: Auf der Party waren alle dem Anlass entsprechend festlich gekleidet, und die Kleider von etlichen Frauen hatten einen gewagten Ausschnitt. Ich hatte nicht widerstehen können und tatsächlich bei ein paar Frauen einen Blick in deren Dekolleté riskiert, allerdings nicht bemerkt, dass meine Eheherrin die Blicke aufgefangen hatte. Damit hatte ich nicht gerechnet, denn es waren nur einige wenige und dann immer nur ganz kurze Blicke gewesen, während derer ich meine Herrin tief versunken in irgendwelchen

Gesprächen mit anderen Gästen gewähnt hatte. Aber sie hatte ihre Augen überall, und ich stand in deren Fokus. Mir war klar, dass ich jetzt ein ziemlich großes Problem hatte, das ich schnellstmöglich lösen musste. Ich brauchte eine verdammt gute Erklärung, aber natürlich mir fiel auf die Schnelle nichts Gescheites ein. Also entschloss ich mich, bei der Wahrheit zu bleiben, und hob darum an: „Äh, na ja, was hätte ich denn tun sollen, ich meine, bei der einen oder anderen war der Ausschnitt doch sehr, hm, na ja, gewagt, da konnte ich nicht anders, es war ein Reflex, ein ganz natürlicher Reflex...“

Meine stammelnd vorgetragene Verteidigungsrede verfing nicht, sondern verfehlte vielmehr ihre Wirkung auf ganzer Breite. Es war deutlich zu sehen, wie sich mit jedem weiteren Wort von mir die Miene meiner Herrin stärker verfinsterte. Mir dämmerte, dass ich die falsche Taktik gewählt hatte und mir lieber irgendeine Ausrede hätte einfallen lassen sollen, aber nun war ich in meiner Ehrlichkeit gefangen. Ein Strategiewechsel würde nicht einfach hinzubekommen sein.

Bevor ich mir jedoch in Windeseile etwas Neues hätte ausdenken können, beendete eine Ohrfeige von Herrin Monika meinen etwas unkontrollierten Redefluss.

„Es reicht! Du dummer Kerl, du plapperst wie ein Wasserfall ja nur irgendwelchen Blödsinn daher! Jetzt sind also die Frauen Schuld daran, dass du ihnen mit wahren Stielaugen in die Ausschnitte geglotzt hast?“

„Äh...aber...ich bin ein Mann, jung und gesund – es war einfach stärker als ich. Außerdem...“

Eine weitere Ohrfeige unterbrach meine Verteidigungsrede. Trotzdem wagte ich, den Rest meiner Botschaft anzufügen: „…es hat bewiesen, dass euer Busen der Schönste auf der ganzen Party war, Herrin!"

Monikas Gesicht kam jetzt ganz nah an meines heran. Beinahe freundlich fragte sie: „Ich habe wirklich den schönsten Busen auf der ganzen Party gehabt?"

Ich nickte eifrig. Als ich mir jedoch im nächsten Moment der Tragweite meiner Antwort bewusst wurde, tobte sie schon wie ein Berserker: „Du Schwein hast also allen Weibern in den Ausschnitt geglotzt, ja? Nur um zu sehen, ob meine Brüste schöner sind als die der anderen, ja? Du Dreckschwein! Ich habe deine Glotzerei nur bei einer Handvoll Weibern bemerkt, aber jetzt gestehst du kackfrech, dass du allen auf die Titten gestarrt hast – das ist widerwärtig!"

Gleich darauf ging ein Hagel von Ohrfeigen auf mich nieder. Rasch hob ich die Arme, um mein Gesicht zu schützen, aber Herrin Monikas Schläge fanden ihr Ziel trotzdem oft genug. Meine Wangen fühlten sich furchtbar heiß an und mussten feuerrot sein.

Dann hörten die Ohrfeigen auf. Meine Herrin schien zu überlegen, wie sie mich für mein Vergehen bestrafen konnte. Es würde mit Sicherheit etwas sehr Unangenehmes werden.

Nach einer gefühlten Ewigkeit bellte sie den von mir erwarteten Befehl: „Ausziehen!" Ich ging fest von einer tüchtigen Tracht Prügel als Strafe aus, da machte das Entkleiden Sinn. Ich wollte die Sache möglichst schnell hinter mich bringen und beeilte mich mit dem Ausziehen. Dabei versäumte ich jedoch nicht, meine Kleidung ordentlich auf einem Stuhl abzulegen.

Kaum war ich nackt, kommandierte sie: „Ab in die Ecke!"

Eigentlich hatte ich mit der Aufforderung zum Heranholen eines Rohrstocks oder einer Peitsche gerechnet, aber trotz der für mich überraschenden Anweisung beeilte ich mich, ihr nachzukommen. Schließlich wollte ich ihren Zorn nicht noch weiter anheizen.

In meinem Rücken regte sich einige Zeit nichts, aber dann begann Monika geschäftig hin und her zu laufen. So angestrengt ich aber auch auf jede ihrer Bewegungen achtete, konnte ich ihren Zweck nicht erraten. Das machte mich nun doch zunehmend nervös, und je länger ich in der Ecke stand, umso mehr nahm meine innere Unruhe zu. Am Ende spürte ich fast so etwas wie Panik. Am liebsten wäre ich weggelaufen, aber das würde im Widerspruch zu den Grundlagen unserer Beziehung stehen. Immerhin liebten wir uns und waren schon seit einigen Jahren ein Paar, und das Ausleben unserer jeweiligen Neigung machte das Fundament unserer Beziehung noch fester. So mancher in unserem Bekanntenkreis würde das sicher nicht verstehen, weshalb wir es nicht an die ‚Große Glocke' hängten und nur wenige davon wussten. Das alles wollte ich natürlich nicht riskieren, also riss ich mich zusammen. Ich würde auch diese sicher sehr strenge Strafe überstehen – so, wie ich im Laufe der Jahre schon mehrere andere überstanden hatte.

Nach einiger Zeit kehrte hinter mir wieder Ruhe ein. Nun lag über dem Zimmer minutenlang eine bleierne Stille. Alles in mir verlangte danach, mich umzudrehen und zu schauen, was sie vorbereitet hatte. Einzig meine Sorge vor einer scharfen Zusatzstrafe brachte mich dazu, meine Neugier zu unterdrücken – zumal ich ja früher oder später sowieso erfahren würde, was sie mir zugedacht hatte.

Endlich, nach einer gefühlten Ewigkeit, zitierte mich Herrin Monika zu sich. Auf dem Tisch lagen ein paar Gegenstände, die von einem Handtuch verdeckt waren. Sie schien sich etwas ganz besonderes für mich ausgedacht zu haben.

Wie recht ich mit dieser Annahme hatte, sollte ich nur wenige Minuten später erfahren. Zunächst aber nahm alles den für eine Bestrafung üblichen Verlauf: Meine Handgelenke wurden in Ketten gelegt, die an Karabinerhaken in der Decke befestigt wurden. Gleich darauf legte sie auch meine Fußgelenke in Eisen und befestigte sie ebenfalls an Karabinerhaken, nur waren diese in den Fußboden eingelassen. Nun stand ich mit weit gespreizten Beinen hilflos angekettet mitten im Raum.

Als sie fertig war, betrachtete sie mich zufrieden.

„So, du gaffendes Schwein, jetzt werde ich dir beibringen, dass du immer, ich betone: IMMER nur Augen für mich zu haben hast. Vorhin hast du getönt, dass du ein Mann sein würdest und deine schmierigen Blicke daher ganz normal seien. Nun, da du deine Männlichkeit auf eine so obszöne Weise betont hast, werde ich das Zeichen deiner ‚Manneswürde' in den Mittelpunkt meiner Strafe stellen."

In mir stieg Panik auf. Am Tag, als ich Monika als meine Herrin anerkannt und mich ihr unterworfen hatte, war ich bereit, jede Strafe zu verbüßen, die sie mir auferlegen würde. Das hatte ich ihr fest zugesagt, allerdings hatte ich eine Hodenfolter davon ausdrücklich ausgenommen. Schläge auf die Kronjuwelen oder andere Torturen von ihnen können ganz schlimme Folgen haben, und davor hatte ich furchtbare Angst. Nicht, weil meine Herrin mich vorsätzlich schwer verletzen würde, aber einen Unfall konnte niemand ausschließen. Monika hatte versprochen, eine Hodenfolter nur anzuwenden, wenn ich sie seelisch besonders schlimm verletzen würde. Offensichtlich sah sie diesen Zustand nun erstmals in unserer Beziehung als gegeben.

„Bitte, Herrin, bitte keine Hodenfolter!!!" Mein Betteln wurde wegen der immer schriller werdenden Stimme zu einem Schreien.

Plötzlich hielt Monika einen Rohrstock in der Hand, den sie mehrmals hart auf mein Gesäß knallen ließ. Jetzt schrie ich nicht mehr vor Panik, sondern vor Schmerzen.

Monika packte mich am Kinn. Ihr Gesicht war wieder ganz nah vor meinem, als sie leise säuselte: „Deine Gafferei hat mich als Frau schwer getroffen, meine Weiblichkeit fühlt sich davon besudelt, als hättest du mich vor den Augen der anderen Frauen mit Fäkalien übergossen. Kannst du das verstehen?"

Ich wollte etwas erwidern, aber mit ihrer mein Kinn haltenden Hand schüttelte sie meinen Kopf solange, bis ich meine Worte heruntergeschluckt hatte.

„Nein, kannst du nicht", antwortete sie für mich. Dann fuhr sie fort: „Ich weiß, dass du die Hodenfolter hasst, sogar panische Angst davor hast. Aber ich habe dir damals bei deiner Unterwerfung versprochen, dass ich sie nur dann anwenden würde, wenn du mich tief verletzen würdest – und genau das hast du getan! Deine Blicke in die Ausschnitte der aufgeblasenen Kühe sind auch von anderen bemerkt worden. Das hast du natürlich nicht mitbekommen, aber hinter deinem Rücken haben sie über dich getuschelt! Dabei haben sie auch immer Blicke zu mir herübergeworfen, wahrscheinlich hatten sie gehofft, dass ich dir eine wilde Szene mache – das wäre dann der ‚Höhepunkt' der Party gewesen! Du hast mich mit deiner Gafferei zutiefst gedemütigt! Dazu dein tölpelhafter Versuch von eben, dich herauszureden – das hat mich ebenso schwer getroffen! Nein, mein Lieber, heute werden deine Eier leiden! Du hast dich mit deiner Männlichkeit herauszureden versucht, also ist es nur gerecht, wenn sich die Strafe auf eben diese Männlichkeit bezieht."

„Herrin, bitte, ich war blöd, es tut mir auch schrecklich leid…"

„Das wird es, o ja, das wird es!"

„Nein, bitte, ich wollte dich nicht demütigen, ich habe mir nichts dabei gedacht, ich…"

Während ich mich weiterhin verzweifelt bemühte, sie von ihrem Vorhaben abzubringen, blieb Monika ganz ruhig. Ihre

64

blauen Augen waren kalt und starrten mich an wie ein lästiges Insekt. Irgendwann schien ihr mein Lamentieren und Betteln jedoch zu viel zu werden, denn mit lässiger Geste hob sie ihren Rock hoch und streifte den Slip ab. Bei diesem Anblick verstummte ich.

„Jetzt bist du plötzlich so still", murmelte sie beinahe zärtlich, „aber das hat nichts zu sagen, nicht wahr? Du wirst bestimmt gleich wieder anfangen, mir mit deinem Gejaule auf die Nerven zu gehen, und das möchte ich nicht. Also nimm das!"

Dabei hielt sie mir kurz die Nase zu. Als ich zum Luftholen den Mund öffnete, stopfte sie mir ihr getragenes Höschen hinein. Gleich darauf sicherte sie den Knebel mit einer meiner eigenen Krawatten.

„So, nachdem ich nun dein dämliches Geschwätz nicht länger ertragen muss, wollen wir mit deiner Bestrafung beginnen."

Während meine Panik stieg, machte sich Herrin Monika zwischen meinen Beinen zu schaffen. Bevor ich jedoch vor Panik kollabieren konnte, war sie schon fertig – oberhalb meiner Hoden hing eine Art Hut, den ich zunächst nicht deuten konnte.

„So, als junger und gesunder Mann siehst du gerne Frauen auf die Titten, ja?"

Ich nickte automatisch, denn schließlich hatte ich das vorhin selber als Begründung für mein Tun angeführt. Von daher konnte ich jetzt nicht ohne Gefahr, eine Zusatzstrafe fürs Lügen zu erhalten, davon abweichen. Allerdings war es ohnehin nur eine rhetorische Frage gewesen, denn schon fuhr Monika fort: „Warum nicht gleich Frauen in Dessous anschauen? Oder nackte Frauen? Oder Weiber, die es so richtig wild und versaut miteinander treiben?"

Ich verstand kein Wort und schaute sie nur verständnislos an.

Ohne noch ein Wort zu sagen, schaltete Monika den Fernseher und dann den DVD-Recorder ein. Sofort flimmert eine Titelzeile über den Bildschirm, der wild bumsende Lesben ankündigte. Im nächsten Moment erschienen zwei Frauen in Reizwäsche auf dem Bildschirm, die sofort zur Sache kamen. Die Dessous behielten sie nur in der Anfangssequenz des Films an.

Ich erkannte sofort, dass der Film aus meinem umfangreichen Fundus stammte, den ich in unsere Beziehung einbringen durfte – oder musste. Monika hatte zwar auf der Aufbewahrung bestanden, die Filme aber sofort konfisziert und unter Verschluss genommen. Nur bei besonderem Wohlverhalten meinerseits durfte ich mir hin und wieder unter ihrer Aufsicht einen Ausschnitt ansehen – anschließend musste ich sie ausgiebig befriedigen, anderenfalls setzte es etwas mit Stock oder Peitsche.

Obwohl ich die Filme kannte, reagierte mein Penis sofort. Eigentlich hätte ich die Erektion lieber vermieden, um meine Eheherrin nicht noch mehr gegen mich aufzubringen, aber die Szenen waren einfach zu scharf – also ging mein guter Vorsatz schon während der ersten Filmsekunden baden.

Monika stand jetzt hinter mir. Sie hatte für kurze Zeit meine Reaktion beobachtet und hielt mir nun zwei zapfenähnliche Gebilde unter die Nase.

„Schau mal, das sind Schmuckstücke für Sklaven", säuselte sie, „aber ihr kleinen Scheißer tragt sie nicht wie Ohrringe, sondern an den Eiern!"

Im nächsten Moment begriff, ich, dass es Gewichte waren. Bevor ich protestieren konnte, hingen sie aber schon an dem sonderbaren Hut. Das Gewicht löste einen großen Schreck bei mir aus, aber es ließ sich nach mehreren kräftigen Atemzügen ertragen. Anfangs zumindest, denn Monika hängte immer mehr davon an meinen Juwelensack. Mir brach der pure Angstschweiß aus, denn ich hatte ernsthaft die große Sorge, dass mir die Gewichte die Hoden abreißen würden.

Endlich hatte sie das letzte Gewicht befestigt. Ich versuchte ganz ruhig zu atmen und möglichst still zu stehen. Das war gar nicht so einfach, denn am Anfang hatten mich ihre Berührungen zwischen meinen Beinen einerseits in Panik versetzt, andererseits aber auch meine Erektion verstärkt. Alles zusammen lenkte mich aber immerhin von dem Film ab. Nun, nachdem alle Gewichte dort hingen, wo Monika sie haben wollte, und ich mich ruhig und vor allem bewegungslos verhielt, bekam ich ungewollt wieder mehr von dem Film mit. Es war ein sehr guter Film, bei dem man tatsächlich dank der Großaufnahmen jedes Detail gut erkennen konnte. Sofort wurde ich mir meiner Erektion bewusst, denn sie fing an, langsam schmerzhaft zu werden. Trotz der großen Angst vor einem Abreißen meiner Hoden stand mein kleiner Freund wie eine Eins.

„Das gefällt dir also, ja?"

„Hm? Mhm, mhm..." Der verdammte Knebel machte es mir unmöglich, mit meiner Herrin zu reden. Es war zwar nicht das erste Mal, dass ich eines ihrer Höschen im Mund hatte, auch nicht während einer Bestrafung, aber das hier war für mich keine normale Züchtigung. Da hätte ich mich gerne artikulieren wollen.

„Wenn dir der Film doch so gut gefällt, warum verhältst du dich dann so stocksteif, du Blödian?", fragte sie ironisch, „Los, beweg deinen Arsch, mach Fickbewegungen!"

Im nächsten Augenblick wurde mein Rücken von einer Peitsche getroffen. Instinktiv zuckte ich zusammen und bewegte mich – was sofort die Gewichte an meinen Hoden in Schwingungen versetzte. Ich wollte vor Entsetzen schreien, aber Monikas Slip in meinem Mund ließ einmal mehr nur unartikulierte Laute ertönen.

Noch bevor die Gewichte auspendeln und wieder in ihren Ruhezustand verfallen konnten, traf mich der nächste Peitschenhieb, und sofort startete das wilde Pendeln von vorne. Dazu gellte in meinen Ohren das immer schriller werdende Stöhnen der beiden Darstellerinnen in dem Pornofilm, das mein eigenes, knebelbedingt gedämpftes Schreien übertönte.

Hieb auf Hieb ging jetzt nieder. In der Mitte des Films wechselte Monika überraschenderweise das Strafinstrument – statt mit der Peitsche setzte es jetzt Hiebe mit dem Rohrstock. Verdammt, sie wusste wirklich, wie sie mich züchtigen konnte!

Sie schwang den Stock unerbittlich und striemte mir gnadenlos Gesäß und Schenkel. Gerade die Hiebe auf die Schenkel ließen mich besonders heftig zusammenzucken und strampeln, was die Gewichte in immer heftigere Schwingungen versetzte. Meine Panik stieg und ich fürchtete von Minute zu Minute mehr, dass mein Hodensack einfach abreißen würde. Ich war mittlerweile geradezu hysterisch vor Angst.

Ich weiß nicht, wie lange die Spieldauer des Films war. Von der Handlung bekam ich irgendwann nichts mehr mit, weil ich viel zu sehr mit mir selber beschäftigt war. Ich registrierte irgendwie nur, dass die Hiebe offensichtlich mit dem Ende des Filmes aufhörten. Da ich mich aber noch Minuten später vor Schmerzen in meinen Ketten wand, kamen auch die Gewichte an meinen Hoden nicht zur Ruhe und pendelten noch eine entsprechend lange Zeit weiter. Kein Wunder also, dass damit auch meine Panik noch lange nach Filmende andauerte.

Endlich hielten die Gewichte inne. Langsam, ganz langsam normalisierte sich mein Atem. Ich spürte, wie mir der Schweiß in Bächen den Körper hinab rann und wusste, dass es Angstschweiß war.

Herrin Monika trat in mein Blickfeld. Sie entfernte den Knebel, und dankbar sog ich die Luft in kräftigen Zügen ein.

„Na, du Schwein, wie hat es dir bislang gefallen?"

„Gna...Gnade, Herrin!", krächzte ich mit heiserer Stimme. Ob sie mich tatsächlich verstanden hatte oder einfach nur riet, was ich sage wollte, wusste ich nicht, aber sie hatte mich verstanden: „Wie, keine Lust auf einen zweiten Film?", höhnte sie, „Ich habe sogar noch drei andere hier."

Ich schüttelte einfach nur mit dem Kopf, da mir zum Sprechen die Kraft fehlte.

„Och, keine zweite Runde Gewichtskarussell?" fragte sie mit gespielter Traurigkeit. Dass das geheuchelt war, bekam ich sofort zu spüren, denn mit einer leichten Handbewegung brachte sie die Gewichte wieder zum Pendeln. Gequält stöhnte ich auf.

Sofort packte Herrin Monika meinen immer noch erigierten Penis mit zwei Fingern und begann, ihn mit der anderen Hand spürbar, aber nicht allzu hart zu schlagen.

„Deine Männlichkeit will aber noch einen Film", stellte sie sarkastisch fest.

Ich wurde blass.

Monika bemerkte das und spuckte mir ein verächtliches „Weichei!" ins Gesicht. Trotzdem nahm sie mir zu meiner grenzenlosen Erleichterung die Gewichte und das Gestell zu ihrer Befestigung ab. Sofort hoffte ich, dass meine Bestrafung nun abgeschlossen war, aber da hatte ich mich getäuscht!

Monika legte eine Schlaufe am Ende einer Kette um meine Hoden und zog sie zu. Sofort band mir die Schlaufe den Juwelensack ab. Während mir erneut der kalte Angstscheiß ausbrach, zog Monika die Kette zwischen meinen Beinen hindurch. Sie nahm in meinem Rücken auf einem Sessel Platz und begann ein Buch zu lesen, während ich noch immer breitbeinig in der Mitte des Zimmers angekettet war. Bevor sie jedoch ihren Platz einnahm, tauschte sie allerdings noch die DVD aus und startete einen zweiten Pornofilm.

Natürlich ließ sie es nicht als Strafausklang bei meiner gefesselten Stellung bewenden, geschweige denn sollte ich den Film genießen dürfen. Um letzteres zu verhindern, zog Monika immer wieder und für mich gänzlich unverhofft an der Hodenkette. Manchmal wendete sie dabei etwas mehr Kraft auf, manchmal etwas weniger – der Ruck sollte für mich immer unberechenbar sein. Mit jedem Zug wurde mir der Juwelensack nach hinten gezogen – mal mehr, mal weniger hart. Durch die vorangegangene Tortur mit den schwingenden Gewichten war er ohnehin schon sehr empfindlich, so dass diese an sich unscheinbare Strafmaßnahme große Wirkung auf mich entfaltete. Immerhin setzte es keine Hiebe mehr, aber in meiner Situation war das nur ein kleiner Trost.

Meine Herrin zog immer wieder an der Kette, manchmal auch mehrmals kurz hintereinander. Bei jedem Ruck zog es nicht nur meine Hoden nach hinten, sondern auch meinen Oberkörper nach vorne, aber das ging nicht unbegrenzt, da die Handfesseln eine natürliche Grenze bildeten. Also wurde es auch im Bereich des Schultergürtels immer wieder sehr unangenehm für mich.

Nachdem auch der zweite Film zu Ende war, trat Monika wieder vor mich und entfernte mit gekonnten Handgriffen die Kette. Dann setzte es wieder Schläge mit der flachen Hand auf meinen wieder oder immer noch erigierten Penis.

Es dauerte einen Moment, aber dann schrumpfte mein Freund angesichts der unfreundlichen Behandlung spürbar zusammen. Sofort ließ sie mein Glied los und umfasste dafür mit einer Hand meine Hoden. Sie hielt sie in einem wahrlich eisernen Griff gefangen, so dass mir der Atem stockte.

„So, du junger, gesunder Mann – wenn du noch einmal einer anderen Frau auf die Titten, den Arsch oder auf eine andere unangemessene Körperregion starrst, werde ich dich wieder bestrafen. Aber dann werde ich deine Eier solange peitschen, bis sie auf die Größe von Kokosnüssen angeschwollen sind! Hast du dämliches Spatzenhirn das verstanden?"

Bei den letzten Worten verstärkte sie den Druck auf meine Hoden enorm. Mir verschlug es die Sprache, also nickte ich heftig.

„Wehe, du demütigst mich noch ein einziges Mal so wie heute! Dann gibt es kein Entkommen! Es ist mir dann scheißegal, ob du die Hodentortur magst oder nicht! Beim nächsten Mal werde ich deine Eier so hart foltern, dass du breitbeinig laufen musst! Beim zweiten Mal werde ich nämlich keine Gnade mehr kennen und werde erst recht keine Rücksicht auf deine Vorlieben nehmen – also schreib dir das gut hinter die Ohren!"

Ich spürte, dass sie es bitterernst meinte. Mir lief ein kalter Schauer über den Rücken. Ich schwor mir, nie wieder eine Frau ungebührlich anzuschauen! Tatsächlich hielt ich mich bei zukünftigen Partys und sonstigen Gelegenheiten geradezu ängstlich neben meiner Herrin und schaute lieber auf den

Boden als auf eine andere Frau. Zumindest solange, wie meine Beziehung zu Herrin Monika andauerte.

Sehnsucht

Wir waren für lange Zeit ein sehr gutes Paar: Nach außen schienen wir für unsere Verwandten, Freunde und Kollegen das harmonische Paar zu sein, bei dem beide gleichberechtigt alles entschieden. Tatsächlich liebte es Monika, beherrschend und tonangebend zu sein. Da ich das genaue Gegenteil davon war, sah die Realität fernab der Außenstehenden und in unseren eigenen vier Wänden anders aus. Hier, im geschützten Bereich, lebten wir unser wahres Wesen aus. Da wir uns so wunderbar ergänzten, nahm unsere Beziehung den üblichen Verlauf mit Freundschaft, Verlobung und schließlich Hochzeit. Alles schien wunderbar zu sein, die Zukunft eine Mischung aus konservativer Lebensführung nach außen und Über- und Unterordnung im gemeinsamen Alltag.

So vergingen ein paar Jahre, in denen wir glücklich waren. Doch dann muss sich irgendetwas still und leise in unsere Beziehung eingeschlichen haben. Ich weiß nicht, ob Monika etwas gemerkt hat, aber mir ist es verborgen geblieben.

Irgendwann kam es zwischen uns immer wieder zu Dissonanzen, die wir jedes Mal ausräumten und uns nichts weiter dabei dachten. Aber vielleicht habe ich die Zeichen der Zeit auch nicht erkannt und den eingeschlichenen Riss versehentlich ignoriert – und habe ihn möglicherweise dadurch größer werden lassen, anstatt ihn beizeiten zu kitten. Inzwischen bin ich mir auch nicht mehr sicher, ob wirklich alles so schön war, wie Monika und ich es geglaubt haben.

Eines Tages eröffnete sie mir, dass sie mich verlassen wür-de. Sie arbeitete in einem Konzern, der überall Zweigstellen hatte, und man hatte ihr eine Stelle in Süddeutschland ange-boten. Ob sich Monika aktiv auf die Stelle beworben hatte oder ‚einfach so' angesprochen wurde, ist nie klar zur Sprache gekommen. Natürlich hätte ich mitgehen können, allerdings hätte das einige Zeit an Vorbereitungen erfordert. Auch wenn sie mich mit ihrer Entscheidung überfallen hatte, hätte ich das Risiko der Jobsuche am anderen Ende des Landes auf mich genommen – immerhin wäre es noch innerhalb von Deutsch-land gewesen und nicht etwa Frankreich, denn dann hätte ich die Arbeitsplatzsuche wegen meiner fehlenden Sprachkennt-nisse gleich vergessen können.

Als ich wieder das Thema Mitkommen anschnitt, eröffnete mir Monika, dass sie die Scheidung wolle. Für mich brach nun auch der Rest meiner Welt zusammen, aber ihr Entschluss stand fest und ich konnte sie mit nichts umstimmen. So kam schließlich zuerst der Tag von ihrem Auszug und Weggang, kurz danach die Scheidung. Nun hatte ich nicht nur meine Ehefrau, sondern auch meine Herrin und damit die einzige Person, die mich und meine Neigung verstanden hatte, verlo-ren. Im Job funktioniere ich seitdem wie ein auf Automatik geschalteter Roboter, während ich mich privat einigele.

Immer wieder denke ich an die schönen Zeiten zurück, auch wenn sie für mich gewöhnlich erniedrigend und auch schmerzhaft waren. Wie schön war es gewesen, vor ihr zu knien und auf die nächste Anweisung zu warten. Unsere Neigungen ergänzten sich auf so wunderbare Weise, dass wir in unserer Beziehung stets Erfüllung fanden. Ich sehne mich nach ihr zurück und kann noch immer nicht verstehen, dass sie all das aufgegeben hat. Es hat ihr doch auch etwas bedeutet, oder?

Während ich in den folgenden Monaten den Erinnerungen nachhing, kam mir irgendwann der Gedanke, dass ich sie vielleicht vertrieben haben könnte. Tatsächlich waren mir im Laufe der letzten Monate unserer Beziehung Zweifel gekommen, wie ich wohl mit zunehmendem Alter als ihr ergebener Diener auf sie wirken würde. Empfand sie noch Lust an unserem Spiel trotz meiner ergrauenden Haare? Mir war schließlich nicht verborgen geblieben, wie ihr Blick beim Lesen der einschlägigen Magazine immer öfter und eine Nuance zu lange an den jungen Männern in der Sklavenrolle hängen blieb. Interessierte sie sich für jüngere Männer, wollte sie lieber junge Sklaven herumkommandieren? Von ihrem Aussehen und der sie umgebenden Aura her gesehen konnte sie mühelos als Domina arbeiten. Sie würde es nicht tun, aber junge Männer mit devoter oder masochistischer Neigung würden ihr überall sofort im wahrsten Sinne des Wortes zu Füßen liegen. Natürlich leugnete sie ihr Interesse an einer Bindung mit einem jüngeren Mann, aber in mir war die Saat des Zweifels gesät.

Hatten also meine Zweifel etwas in ihr ausgelöst, dass sie zum Gehen veranlasst hatte? Ich weiß es nicht und habe trotz allem nachdenken bislang keine Antwort auf diese Frage gefunden.

Aber ich vermisse sie jeden Tag auf das Neue. Wie gerne würde ich mich ihr demütig nähern in dem Wissen, gleich wieder herumkommandiert zu werden. Oder ihr von einem tatsächlichen Fehler berichten, um dann die von ihr verhängte Strafe zu verbüßen.

Bei der Erinnerung an ihre Strafen muss ich unwillkürlich lächeln. Ja, Monikas Strafen waren zwar oftmals so, wie man es in den einschlägigen Magazinen lesen und in den entsprechenden Filmen sehen kann, aber sie hatte sich auch immer wieder etwas ganz Raffiniertes ausgedacht, mit dem sie mich dann überrascht hat. Diese Spontaneität und diesen Einfallsreichtum habe ich bei meinen späteren wenigen Ausflügen in die Welt der kommerziellen Dominas nirgends finden können. Dabei würde ich mich gerne wieder einmal wie ein Sklave behandeln lassen, denn schließlich ist diese Neigung ein Teil von mir und meiner Sexualität. Leider machen es mir die negativen Erfahrungen mit professionellen Dominas so schwer, einen zumindest ansatzweise adäquaten Ersatz für meine Herrin zu finden.

Seit Monikas Weggang habe ich mit Ausnahme der mehr oder weniger missglückten Versuche mit Studio-Dominas keinen SM-basierten Sex mehr gehabt. Gut, gelegentliche Handarbeit beim Anschauen von entsprechenden DVDs hilft den übermäßigen Luststau abzumildern, aber ich komme mir dabei seelenlos vor. Natürlich war und werde ich beim Anschauen eines Films immer ein außenstehender Betrachter und kein Objekt oder Mitwirkender des Films sein, denn das kann ich nur bei einer tatsächlichen Aktivität mit einem anderen Menschen sein. Genau danach aber sehne ich mich.

Beim Spiel mit Monika war ich einerseits der Spielball für ihre Launen, aber durch die im frühen Stadium unserer Beziehung abgesteckten Grenzen, die nur nach ausführlicher Besprechung verändert werden konnten, war ich zugleich in der Funktion des Mitgestalters. Das fiel mir aber auch sehr leicht, denn bei ihr konnte ich mich öffnen, sie hatte mir vom ersten Tag an das Gefühl des vollsten Verständnisses für alle meine Wünsche und Träume gegeben. Es war wunderbar, wie sich zwei Menschen so sehr vertrauten, dass sie die geheimsten Kammern im Inneren ihres Herzens nicht nur kurz für den anderen öffneten, sondern ihm jederzeit vollen Zutritt gewährten. Das war gelebtes Vertrauen...

Nun ist all das vorbei, es gehört wie so viele andere Lebensabschnitte auch zur Vergangenheit. Gleich der Schulzeit, der Studienzeit und was es sonst noch so für Abschnitte im Leben eines Menschen gibt, sind nun auch die Kapitel ‚Ehe' und ‚Sexuelle Erfüllung' für mich geschlossen. Ob es von ihnen eine Fortsetzung geben wird? Vielleicht ja, aber für mich ist derzeit keine in Sicht.

Für den Fall, dass ich jemals wieder einen Menschen kennen lernen würde, mit dem die gleichen Übereinstimmungen bestehen würden, bestünde für mich eine große Gefahr: Ich könnte nicht ausschließen, die neue Person in meinem Leben wieder und wieder mit Herrin Monika zu vergleichen. Gerade weil sie und ich uns in jungen Jahren kennen gelernt hatten, waren wir freier und unbefangener beim Formulieren unserer innersten Wünsche und geheimsten Träume. Nun, da alles schon einmal in einem Zustand der Leichtigkeit des Seins ausgesprochen wurde, bin ich nicht sicher, ob es mir nicht zuletzt auch wegen der verstrichenen Jahre und der dadurch bedingten Abgeklärtheit im Sein nicht doch an der erforderlichen Natürlichkeit fehlen könnte. Immer wieder stelle ich fest, dass ich mich nach Monika sehne und sie auch noch lange nach ihrem Weggang mein Denken bestimmt. Schaffe ich es dann doch mal, sie in meinen Gedanken auszublenden und mir jemand anderen in ihrer Position mir gegenüber vorzustellen, dominieren rasch Gedanken wie ‚Hoffentlich macht sie dies oder das genauso wie Monika' – keine gute Grundlage für ein Loslassen oder besser eine Loslösung von ihr. Natürlich blockierte ich mich damit immer wieder selber – und tue es letztlich noch immer. Trotz der inzwischen vergangenen langen Zeitspanne seit der Scheidung und dem letzten Kontakt zu Monika verzehre ich mich noch immer vor Sehnsucht nach ihr. Ich weiß, dass das verrückt und irgendwie sogar ziemlich blöd ist, aber mein Herz hängt noch immer an ihr.

Ob es nur mir so geht? Wie wohl Monika die Trennung empfunden hat? Ob sie noch manchmal an mich und unsere gemeinsame Zeit zurückdenkt? Mir drängen sich beim Gedanken an sie immer Ereignisse ins Gedächtnis, als deren Folge wir unsere sich ergänzenden Neigungen besonders intensiv und ausgefallen ausgelebt haben. Bei der Erinnerung überzieht immer ein Lächeln mein Gesicht, das aber rasch in Trauer umschlägt, wenn der Gedanke wieder vorüber ist und ich mir der Einsamkeit erneut bewusst werde.

So vergeht nun Tag für Tag, Woche für Woche, ohne dass ich meine Sehnsucht nach Monika loswerden kann. Wir haben einfach zu gut zusammengepasst. Zudem habe ich nie verstanden, warum sie damals gegangen ist. Hoffentlich werde ich eines Tages meine Sehnsucht nach ihr überwinden und mich für einen anderen Menschen öffnen können…

Epilog

Den vorstehenden Text habe ich geschrieben, um meine Sehnsucht nach Monika auszudrücken und auf diese Weise die Trennung zu verarbeiten gesucht. Er war bereits ein paar Wochen alt, als ein Brief von ihr kam. Seit der Scheidung hatten wir keinen Kontakt mehr zueinander gehabt, und so riss ich mit Freude im Gesicht und bangem Herzen den Umschlag auf. Es war ein langer Brief. Sie teilte mir darin mit, dass sie damals die Diagnose Krebs bekommen habe und mit der Behandlung nicht mehr lange warten konnte. Ihre noch verbleibende Zeit auf dieser Erde sei damals schon sehr kurz bemessen gewesen. Sie hatte sich von mir getrennt, weil ich die als Folge der Behandlungen einsetzenden äußerlichen Veränderungen und ihr Siechtum nicht erleben sollte. Sie wollte, dass ich sie so in Erinnerung behalte, wie sie bei unserer Trennung war – gutaussehend, geheimnisvoll und von einer geradezu magischen Aura umgeben.

Nun weiß ich, dass mein Sehnen vergeblich war. Vielleicht fällt es mir nun leichter, mich für einen anderen Menschen zu öffnen. Allerdings würde ich lieber weiter vor Sehnsucht zerfließen, wenn sie dadurch gesund werden und weiterleben könnte – egal, ob mit mir oder ohne mich... Das Leben kann so grausam sein...

Nur ein Traum?

Unruhig streifte ich durch das stille Haus. An manchen Stellen verrieten helle Flecken auf dem Teppich, dass dort noch vor kurzem Möbelstücke gestanden hatten. Nun waren sie fort, und die hellen Spuren waren alles, was von ihnen geblieben war. Irgendwann würden auch diese Flecken nachgedunkelt sein. Zurzeit war aber nur mein Gemüt verdunkelt, denn es war mir selbst nach vier Wochen unbegreiflich, warum mich Monika verlassen hatte. Alle unsere Freunde hatten gesagt, dass wir ein wunderbares Paar seien und sehr gut zusammenpassen würden. Sie hatten nicht geahnt, wie recht sie damit hatten! Wir harmonierten in allen Punkten – vor allem mit unserem Fetisch! Monika liebte es, in ihren eigenen vier Wänden wie eine Königin zu herrschen und hofiert zu werden. Geschah etwas nicht zu ihrer Zufriedenheit oder war ich ihr nicht unterwürfig genug, verhängte sie nach Gutdünken strenge und auch harte, aber doch immer angemessene Strafen gegen mich. Eine besondere Freude bereitete es ihr, wenn sie diese auch persönlich und zeitnah vollstrecken konnte. Es traf sich daher gut, dass ich das willkommene Gegenstück für ihre Lebensweise war – der Mann, der sich mit großer Freude unterwarf und gegebenenfalls die verhängten Strafen sowie den Strafvollzug ertrug, so gut es ihm die Schmerzen erlaubten. Ja, im privaten Raum gebärdete sich die in der Öffentlichkeit als lebenslustige und immer freundliche Monika bekannte Frau wie eine Diva. Mir kam dann die Rolle ihres Assistenten zu, der immer verfügbar sein und jeden Wunsch sofort zu ihrer vollsten Zufriedenheit erfüllen musste. Geschah das einmal nicht, erhielt ich eine schmerzhafte und demütigende Quittung für mein Versagen.

Niemand in unserem Freundeskreis ahnte, was sich hinter unserer Haustür abspielte – alle hielten uns für ein Team, dabei waren wir Herrscherin und Untertan, Königin und Diener. Ich weiß nicht, wie oft ich in der ganzen Zeit bestraft worden war. Dabei hatte ich nie absichtlich etwas falsch gemacht oder mich vorsätzlich respektlos verhalten! Wenn Monika Lust hatte, mich zu erniedrigen oder mit dem Stock oder einem anderen Instrument zu bestrafen, hatte sie entweder Unmögliches verlangt, so dass ich nur scheitern konnte, oder sie hatte ein Vergehen behauptet, das es zwar nicht gab – aber jeder Hinweis darauf wäre als Widerwort geahndet worden. So habe ich als ihr untertäniger Diener nie widersprochen, auch wenn die verhängte Strafe recht hart war. Allerdings war Monika nie wirklich ungerecht, sondern sie brauchte das Gefühl der Macht als sexuelle Stimulans. Ihre frei erfundenen Anschuldigungen dienten also weniger der Bestrafung, sondern waren vielmehr das Vorspiel für den danach folgenden Sex, denn selbstverständlich musste ich ihr im Bett zu Willen sein. Eigentlich diente unser ganzes Verhalten letztlich als Vorbereitung auf Sex, war also ein einziges, langes Vorspiel. Auch wenn wir nicht darüber sprachen, war uns beiden dieser Umstand ganz bewusst. Wir waren beide glücklich, acht wundervolle Jahre lang. Solange hielt unsere Beziehung, doch dann war plötzlich

Schluss. Monika verließ mich, ohne viele Worte zu machen und ohne Forderungen zu stellen.

Daran musste ich denken, als ich durch die Wohnung schlich, deren Wände so viel gesehen hatten. Aber auch wenn ich mich oft vor Schmerzen gewunden hatte, achtete meine Herrin stets darauf, keine bleibenden Schäden oder offensichtliche Spuren, die andere sehen könnten, zu hinterlassen. Bei aller Härte war unser beider Verhalten keine Rolle, die wir spielten, sondern ein Teil von uns, von unserem inneren Wesen und von unserer Sexualität. Dass wir unser Innerstes ohne viele Worte entfalten und unsere Neigungen im geschützten Raume unseres Hauses offen ausleben konnten, war eine große Gnade, die nicht alle erfahren dürfen. Und doch war der Bann nun gebrochen, der Zauber verflogen. Noch immer rätselte ich, wie es so weit kommen konnte, doch es gab keine Antwort. Eines Tages eröffnete mir Monika, dass sie mich verlassen und fortgehen würde. Fort aus dem Viertel, aus der Stadt und sogar aus dem Bundesland. Für mich brach eine Welt zusammen, denn zu plötzlich traf mich ihre Entscheidung. Doch ganz Herrscherin hielt sie es nicht für nötig, mir ihre Gründe zu erläutern. Sie suchte nicht einmal nach einem Weg, mich zum Mitgehen zu bewegen – wozu ich sofort bereit gewesen wäre. Eines Tages war sie fort, genauso wie ihre Sachen und ein paar wenige Möbelstücke. Unsere Freunde waren ebenso überrascht und perplex wie ich, denn auch sie hatten ihren Weggang nicht kommen sehen. Es hatte nie auch nur den kleinsten Hinweis auf ihre Pläne gegeben.

Seitdem war es im Haus still geworden. Kein Kommando gellte mehr durch die Räume, kein demütig-geschäftiges Eilen war zu hören, auch keine Geräusche einer Bestrafung. Es herrschte nur Stille, eine beinahe bleierne Stille lastete auf den Räumen.

Wie jeden Abend seit ihrem Weggang strich ich durch die Zimmer und verharrte mal hier und mal dort – immer an Stellen oder vor Möbelstücken, an denen sie mich bestraft hatte oder ich vor ihr auf den Knien liegen durfte. Viele Erinnerungen überfluteten mein Hirn, und gerne dachte ich an diese unwiederbringlich verlorenen Zeiten zurück. Es heißt, dass die Erinnerung etwas Wunderbares sei, doch mich stimmte sie maßlos traurig. Würde ich je wieder glücklich sein können? Wäre es mir vergönnt, nochmals einen Menschen wie Monika treffen zu dürfen? Ich wusste es nicht, aber so richtig konnte ich nicht daran glauben.

Inzwischen war es draußen dunkel geworden. Die Sicht im Zimmer wurde immer schlechter. Ich wollte weiter im Dunkeln umherstreifen und hätte jeden Stoß an einem Möbelstück und den darauf folgenden Schmerz als Erinnerung an Monikas Strafen auf mich genommen. Doch leider behinderte die immer schlechter werdende Sicht das klare Erkennen der Möbelstücke und damit das Schwelgen in der Erinnerung, auch wenn ich die Standorte gut kannte. Also schaltete ich mit etwas Widerwillen das Licht ein. Obwohl ich in meinen Erinnerungen gefangen war, vergaß ich nicht, die Jalousie herabzulassen. Eigentlich hätte ich mir das sparen können, denn welcher Nachbar würde sich schon in dieser Wohnsiedlung für mich und meinen Verlustschmerz interessieren? Als Monika noch bei mir war, hatten wir nie vergessen, die Jalousien zu schließen. Obwohl – zwei- oder dreimal war es im Laufe der Zeit doch vorgekommen. Ich konnte mich sehr gut an die dafür verhängten Strafen erinnern! Die Nachbarn schienen jedoch trotz meiner wenigen Nachlässigkeiten oder auf anderen Wegen von unserem Treiben nichts mitbekommen zu haben, denn es gab weder Beschwerden noch anzügliche Sprüche, auch kein Getuschel kam uns zu Ohren, nicht einmal schiefe Blicke warf man uns zu.

Ich begann mit einem erneuten Rundgang. Der wievielte war es an diesem Tag? Ich wusste es nicht, es war mir auch egal. Ich vermisste Monika, meine geliebte Herrin, meine verehrte Königin! Schmerz stach mir in die Brust und ins Herz – als Trennungsschmerz hatte ihn der Arzt bezeichnet, als Einbildung auf Grund des Verlustes meiner Partnerin. Er wusste nicht, dass sie für mich mehr als nur eine ‚Partnerin' war, dass sie für mich mein Leben und meinen Lebensinhalt dargestellt hat. Er konnte es nicht wissen, weil er nichts von unserer ganz besonderen Bindung ahnte. Wie hätte er das auch können, schließlich hatte er nie Spuren ihrer Schläge auf meinem Körper gesehen. Sie hatte, wie schon gesagt, sehr darauf geachtet, dass Außenstehende nichts von unserer ganz besonderen Beziehung bemerkten. Vor allem wenn sie wusste, dass ich vor anderen Menschen Kleidung ablegen würde, waren ihre

Strafen anderer Natur als Schläge. So schöpfte niemand Verdacht, weder der Arzt noch die Freunde beim Sport.

Während ich meinen Gedanken nachhing, klingelte es plötzlich an der Tür. Ich warf einen Blick auf die Uhr, die kurz vor 21 Uhr anzeigte. Es war Freitag, vor mir lag einmal mehr ein einsames Wochenende. Dann blieb ich lange wach und wälzte mich in meinem Seelenschmerz. Schon lange hatte mich niemand mehr besucht, aber ich wollte auch keinen Menschen sehen. Die Freunde hatte ich dafür um Verständnis gebeten und etwas von einer Auszeit zum Sammeln der Gedanken gemurmelt – und nun klingelte es tatsächlich an der Haustür. Einem ersten Impuls gehorchend ignorierte ich das Klingeln. Doch als es gleich darauf erneut läutete, hatte das laute Geräusch für meine Ohren etwas Forderndes an sich. Es war nicht zu erklären und sicher nur Einbildung, aber es war jetzt, als würde mich eine magische Kraft zur Haustür ziehen. Ich gab jeglichen Widerstand auf und ging hin.

Vor der Tür war – niemand. Hatte sich jemand einen Scherz erlaubt, vielleicht ein paar Nachbarskinder eine Klingeljagd veranstaltet? Ich ließ meinen Blick in die Runde schweifen, sah aber keine Menschenseele. Dafür fiel mein Blick auf einen Karton zu meinen Füßen, auf dem mit großen Buchstaben mein Name prangte. Irritiert und nun doch etwas neugierig nahm ich den Karton auf. Er war nicht sehr schwer, beinahe leicht – sofort hatte ich den Verdacht, dass er leer oder nur mit Altpapier gefüllt sein könnte, und dachte wieder an einen Scherz.

Ich trug den Karton ins Wohnzimmer und öffnete ihn. Darin lag ganz oben ein Blatt Papier, das aus einem Drucker stammte. Damit war es kein individuelles Schriftbild wie bei Handschriften, was den Absender im Dunkeln ließ. Wenn es ein Scherz sein sollte, hatte sich jemand sehr viel Mühe gegeben, soviel stand fest.

Ich entfaltete das Blatt und las ungläubig den Text:

> Ich weiß, was du bist und wonach du dich sehnst. Leg Deine Kleidung ab, setz die Maske in dem Zustand auf, in dem du sie vorfindest, und öffne mir die Tür.
> Deine Herrin

Ich war perplex! Wer wusste von meiner Neigung und wollte sich in mein Leben einführen, um dort die Stelle von Monika einnehmen? Oder war es Monika selbst, die auf diese Weise ihre Rückkehr ankündigte?

Ich schaute in den Karton. Tatsächlich lag darin eine Maske, die nur eine freie Öffnung für die Nasenlöcher hatte. Erst bei genauerem Hinsehen erkannte ich den Reißverschluss an der Mundöffnung und die Augenklappen. Würde ich die Maske so anlegen, würde ich zwar atmen können, aber blind sein und nicht laut reden können. Wer immer mir den Karton vor die Tür gestellt und die Forderung formuliert hatte – ich wäre ihm hilflos ausgeliefert. Ihm? Oder handelte es sich nicht doch eher um eine Frau? Immerhin hatte sie mit ‚Deine Herrin' unterschrieben. Erlaubte sich jemand einen grausamen Scherz mit mir? Oder hatte in unserem Freundeskreis doch jemand erkannt, was zwischen Monika und mir lief, ohne dass wir beide unser Auffliegen bemerkt hatten? Vielleicht war das Ganze aber auch ein neues Spiel von Monika, um meine Treue zu ihr zu testen? War sie es, die mir den Karton vor die Tür gestellt hatte, um meinen Gehorsam zu testen? Das schien mir die einzig logische Antwort zu sein.

Plötzlich ergriff mich die unbändige Hoffnung, dass Monika zu mir zurückkehren würde und mich auf diese Weise testen wollte. Das Logikzentrum in meinem Gehirn wehrte sich tapfer gegen diesen Glauben und argumentierte mit der bereits verstrichenen langen Zeit seit ihrem Weggang und dem Fehlen eines jeden Lebenszeichens. Es war vergeblich, in meinem waidwunden Herzen glomm die Hoffnung auf die Rückkehr meiner geliebten Herrin und schob gnadenlos alle logischen Gedanken beiseite.

Beherrscht von dem Gedanken, dass meine Herrin zu mir zurückkehren würde, zog ich mich rasch bis auf die Unterhose aus und legte die Kleidung ordentlich neben der Tür auf den Fußboden. Dann öffnete ich die Haustür einen Spaltbreit, eilte ins Wohnzimmer und entledigte mich des letzten Kleidungsstückes. Dann kniete ich nieder, setzte die Maske auf und legte die Hände mit den geöffneten Handflächen nach oben auf meine Schenkel. So hatte es Monika immer von mir verlangt, nur hatte sie nie eine Maske eingesetzt. Zur Begründung hatte sie gemeint: „Ich will, dass du jede Ohrfeige intensiv spürst und der Schmerz nicht von irgendeiner Maske gemildert wird!" Nun kniete ich also hier und trug zum ersten Mal in meinem Leben eine Maske. Zudem eine, die mich vollkommen blind und beinahe stumm machte. Eine Welle der Erregung flutete durch meinen Körper und überdeckte das Gefühl der Angst.

Plötzlich glaubte ich einen leichten Luftzug zu spüren. Angestrengt lauschte ich auf jedes Geräusch, doch die Maske schränkte auch mein Hörvermögen ein und machte mich gerade für leise Geräusche taub – offensichtlich schlich die fremde Person durch das Haus.

Nun wurde mir doch recht bange, und auf meiner Stirn bildete sich jetzt Angstschweiß. Alle meine Sinne waren blitzartig geschärft und fühlten eine fremde, große Gefahr – die ich letztlich selber heraufbeschworen hatte.

Noch während mein Gehirn alle möglichen Schreckensszenarien durchspielte, ergriff jemand meine Brustwarzen und zwirbelte sie heftig. Ich stöhnte vor Schmerz und Überraschung, unterdrückte aber den ersten Impuls von Widerstand, auch wenn mir das schwer fiel. Wortlos und mit schmerzhaftem Griff zog mich die Person an den Nippeln in die Höhe. Als ich stand, führte dieser Jemand meine Hände in Richtung Kopf. Ich verstand und verschränkte sie dahinter. Nun war mein gesamter Körper gut sichtbar und jedem Angriff hilflos ausgeliefert. Mein anfangs im Glauben an Monikas Rückkehr lustvoll aufgerichteter Ständer war inzwischen wegen der gespenstischen Situation zusammengefallen und schien sich verkriechen zu wollen. Noch immer sprach der geheimnisvolle Besucher kein Wort. Meine Muskeln spannten sich an, aber bevor ich doch noch in einem Anflug von Panik die Maske herunterreißen konnte, spürte ich eine zärtliche Berührung an meinem Penis. Sanft, geradezu zärtlich streichelte eine fremde Hand mein bestes Stück. Wie lange hatte es dort schon keine Berührung mehr gegeben, schon gar nicht durch eine andere Person. Nun streichelte jemand meinen Lustspeer, und ich konnte nicht sehen, wer mir diese Gunst erwies. Meinem Glied war es egal, es fasste sofort Vertrauen und reckte sich der Hand immer mehr entgegen, schmiegte sich geradezu in sie hinein. Ein wunderbares Gefühl durchflutete mich, ich dachte an die vielen ähnlichen Berührungen durch Monika. Ein dankbar-lustvoller Seufzer entrang sich meiner Kehle, und trotz der Dämpfung durch die Maske musste ihn die fremde Person vernommen haben.

Ob sie mich wirklich gehört hatte, wusste ich nicht. Es war auch egal, denn nun umfasste eine zweite Hand ganz unvermutet meinen Hodensack, während die erste Hand das Glied losließ. Durch den Griff um meine Kronjuwelen war ich wehrlos, was die Person sofort ausnutzte – mein Penis bekam Schläge mit einer Hand! Ich stöhnte laut auf, mehr vor Schreck als vor Schmerz, denn wirklich schmerzhaft waren die Schläge nicht. Dennoch war es ein merkwürdiges Gefühl, so von einem Fremden gedemütigt zu werden. Oder war es doch Monika, die mich des Öfteren für unerlaubtes Onanieren bestraft und genau auf diese Weise mit dem Strafvollzug begonnen hatte?

Nach kurzer Zeit krallten sich erneut lange Fingernägel um meine Brustwarzen und begannen an mir zu ziehen und zu zerren. Durch die Maske und die unwirkliche Situation waren meine Sinne geschärft und ich dachte angesichts der Fingernägel sofort an eine Frau. Für mich stand nun fest, dass der unbekannte Besucher weiblich war – doch war es Monika oder doch jemand anderes?

Die Unbekannte ließ mir keine Zeit zum Nachdenken. Sie wollte, dass ich mich rücklings auf den Boden und die Hände hinter den Kopf legte. Sie hielt meine Nippel fest umklammert und dirigierte mich mit Ziehen und Stößen. Als ich endlich die verlangte Position eingenommen hatte, spürte ich, dass sich jemand rittlings auf mich setzte und mein Glied in etwas feucht-warmes steckte. Kein Zweifel, es war eine Vagina, in die mein Glied eingeführt wurde. Damit war nun auch der letzte Zweifel beseitigt und es war bewiesen, dass mein unbekannter Besucher eine Frau war.

Als alles an Ort und Stelle war, verspürte ich plötzlich einen beißenden Schmerz auf einem Oberschenkel – sie musste mich mit einem Kochlöffel oder etwas ähnlichem geschlagen haben. Ich stöhnte laut auf, aber sofort erhielt ich einen zweiten Hieb. Gleichzeitig begann die Frau auf mir zu reiten, aber nur für einen kurzen Moment. Als mich ein weiterer Hieb traf, rasten In meinem Hirn die Gedanken hin und her, bis ich endlich begriff, dass sie von mir Fickbewegungen erwartete. Also tat ich ihr den Gefallen und hob und senkte meinen Unterleib, soweit es das Gewicht meiner Reiterin und der Teppichfußboden zuließen. Offensichtlich hatte sie nun ihr Gewicht auf ihre eigenen Schenkel verlagert, denn ich konnte plötzlich problemlos Stoßbewegungen ausführen. Ohne Unterlass stieß ich meinen Unterleib hoch und ließ ihn sinken. Es war deutlich spürbar, wie mein Glied in ihren Schlitz hinein- und hinausfuhr. Nach den langen Wochen der Enthaltsamkeit war es eine Wonne, wieder eine Frau beglücken zu dürfen!

Nach jedem Stoß wurde sie feuchter, bis ihr Lustloch schließlich überlief. Stöhnte sie vor Lust? Ich wusste es nicht, denn ich war viel zu sehr mit mir selber beschäftigt, mit dem Stoßen, mit dem Verstehen der Situation, der zunehmend unerträglicher werden Hitze unter der Maske… Hoch und runter senkte ich den Unterleib, hinein und hinaus fuhr mein Glied, und schließlich spürte ich die untrüglichen Anzeichen eines nahenden Orgasmus. Ich wollte die Unbekannte warnen, aber die Maske verwandelte meine Worte in ein unverständliches Gebrabbel. Zuletzt war es egal, denn mit einem lauten Schrei erreichte ich den Höhepunkt und verströmte meinen Samen in der unbekannten Vagina. Fast zeitgleich konnte ich spüren, wie auch sie von Lustschauern geschüttelt wurde und Unmengen an Liebessaft meinem Penis umspülten.

Es dauerte einige Zeit, bis sich unsere Körper wieder beruhigt hatten. Doch anstatt mir nun die Maske abzunehmen und sich endlich zu erkennen zu geben, erhob sich die Unbekannte nur von mir und ließ mich einfach liegen. Mein Versuch des Aufstehens wurde mit einem nicht zu festen, aber doch bestimmten Fußtritt gegen die Brust unterbunden. Also blieb ich gehorsam liegen und harrte des weiteren Fortganges. Den Geräuschen nach zu urteilen hatte die Unbekannte das Bad aufgesucht – wohl um sich ihren Schlitz zu säubern.

Als sie ins Wohnzimmer zurückkam, lag ich noch immer auf dem Fußboden. Mein Penis war noch immer oder schon wieder halbsteif. Die Zeit meiner Enthaltsamkeit hatte wohl etwas zu lange gedauert, als dass eine Ejakulation die aufgestaute Lust hätte herauslassen können.

Die Unbekannte beugte sich offensichtlich zu mir herunter, denn ich konnte deutlich ihr Haar auf meinem Körper spüren. Sie musste langes, zumindest aber halblanges Haar haben. Bevor ich in Gedanken alle Frauen in meinem Bekanntenkreis durchgehen konnte, krallten sich ihre Fingernägel wieder um meine Brustwaren. Als sie heftig an ihnen zog, verstand ich die Aufforderung und erhob mich vom Fußboden. Kaum stand ich auf meinen Beinen, erinnerte ich mich an eine vorangegangene Weisung und nahm sofort wieder die Hände hinter den Kopf. Das entsprach wohl ihrem Willen, denn wie zum Zeichen ihrer Dankbarkeit streichelte sie sanft meine Wange. Allerdings ahnte ich die Berührung ihrer Hand mehr als dass ich sie fühlte, denn die Maske minderte bedauerlicherweise die Zärtlichkeit dieser Geste.

Doch gleich darauf war es mit den Liebenswürdigkeiten auch schon wieder vorbei. Ich erhielt einen Hieb auf das Gesäß, der wohl mit einem Paddle geführt worden war. Erschrocken machte ich einen Schritt vorwärts. Sofort erhielt ich einen weiteren Hieb, was mich weiter vorantrieb. Nach dem vierten Hieb hatte ich verstanden: ich sollte vorwärts gehen, ansonsten setzte es einen Hieb als Aufmunterung. Auch für das Kurvengehen hatte die Unbekannte eine ganz einfache Technik parat: Wenn ich eine Wendung vornehmen sollte, bekam ich einen Schlag auf den entsprechenden Schenkel. Ein ganz einfaches und doch sehr effektives System, um einen Blinden zu dirigieren. Da es meine Wohnung war, kannte ich den Standort eines jeden Möbelstücks recht genau, was mir die Orientierung erleichterte und sicher so manchen Hieb ersparte.

Schließlich waren wir in der Küche angekommen. Ich musste vorwärts gehen, bis ich an die Kante des Küchentisches stieß. Kaum dass ich stand, wurde mein Oberkörper von einer Hand mit kräftigem Druck nach unten gedrückt. Ich verstand die Anweisung und legte den Oberkörper auf die Tischplatte. Die Hände umfassten die gegenüberliegende Tischkante. Mein Hinterteil war schutzlos dem ausgeliefert, was die Unbekannte dafür vorgesehen hatte. Die leicht gespreizten Beine verschafften mir einen halbwegs festen Stand. Den würde ich sicher auch brauchen, denn ich ahnte, was mich nun erwartete. Immerhin hatte ich so manche Zeit in dieser Position zugebracht.

Die Bestätigung meiner Vermutung ließ nicht lange auf sich warten – mit einem leichten Rauschen sauste etwas hernieder und traf mein Gesäß mit der Intensität eines Rohrstockes, doch es konnte kein Stock sein, es war etwas biegsames, das sich auch um meine Schenkel wand. Schmerz schoss durch meinen Körper und ließ mich erbeben. Dabei war der Schmerz auf dem Oberschenkel schlimmer als der auf dem Gesäß, wobei auch der nicht von schlechten Eltern war.

Es dauerte einen Moment, bis ich mich wieder beruhigt hatte. Kaum lag ich aber wieder still in meiner Strafposition, setzte es den zweiten Hieb. Wieder wurden Hinterteil und Oberschenkel getroffen. Ich stöhnte etwas lauter auf. Schläge auf den Po war ich natürlich gewöhnt, aber hier wurden auch die Schenkel malträtiert, was für mich nicht nur ungewohnt, sondern auch sehr schmerzhaft war.

Hieb auf Hieb sauste herab, und es fiel mir zunehmend schwerer, die vorgeschriebene Position zu halten. Ich wand mich auf der Tischplatte wie ein Aal, wackelte immer heftiger mit meinem Gesäß in der Gegend herum und mein schmerzerfülltes Stöhnen schwoll an. Selbst durch die Dämpfung der Maske mussten meine Schmerzenslaute deutlich zu hören sein. Dennoch setzte es immer weiter Hiebe.

Irgendwann hatte die Unbekannte Erbarmen mit mir. Sie zog mich hoch, packte mich hart im Nacken und dirigierten mich auf den Küchenfußboden. Dort kniend dirigierte sie mich mit leichten Fußtritten, bis ich rücklings auf dem Fußboden lag. Die Kühle des Bodens tat meinem versohlten Hinterteil gut, aber zugleich erhöhte der Druck meines Gewichts auch den Schmerz.

Plötzlich war die unbekannte Frau über mir. Mit einem Ruck wurde der Reißverschluss der Maske, der den Mund bedeckte, geöffnet. Rasch sog ich Luft ein und atmete tief durch. Bevor ich jedoch einen Laut von mir geben konnte, spürte ich etwas Schweres auf meinem Gesicht und zugleich an meinem Mund etwas Weiches, das sehr, sehr feucht war. Es dauerte einen Moment, bis ich begriffen hatte, dass sie auf meinem Gesicht saß und ihr Geschlecht auf meinen Mund presste. Es war klar, dass sie von mir eine orale Befriedigung erwartete. Ich tat ihr den Gefallen und leckte ihren Schlitz voller Hingabe. Monika hatte sich sehr oft auf diese Weise von mir verwöhnen lassen, so dass ich mich darauf recht gut verstand. Durch die Maske hindurch meinte ich recht schnell ein leises Lustwimmern zu vernehmen, aber ich achtete nicht darauf und konzentrierte mich stattdessen ganz auf meine Aufgabe. Es dauerte nicht lange, bis sie von einem heftigen Orgasmus geschüttelt wurde. Als es ihr kam, schluckte ich von ihrem Nektar soviel ich konnte. Der Rest rann an den Mundwinkeln herab und in die Maske, wo er meine Wangen benetzte. Es dauerte eine gefühlte Ewigkeit, in der ich gierig den intimen Duft der Fremden einsog und mich daran berauschte.

Als sich die Frau endlich beruhigt hatte und ihre Atmung wieder normal war, erhob sie sich und machte sich irgendwie in der Küche zu schaffen. Ich blieb währenddessen auf dem Fußboden liegen und schwelgte in dem eben erlebten Genuss.

Gleich darauf war die Frau zurück. Wieder liebkoste sie mein bereits halbsteifes Glied. Sofort richtete es sich auf, und gleich darauf spürte ich, wie sie es sich wieder in ihren Schlitz einführte. Diesmal brauchte ich nur dazuliegen, denn sie ritt mich wild und ungestüm. Kaum war es uns beiden gekommen, setzte sie sich wieder auf mein Gesicht. Erneut schleckte ich ihre Vagina und schmeckte dabei deutlich ihren Lustsaft und mein Sperma. Wieder überflutete sie meinen Mund mit einer neuen Ladung Muschisaft. Ich hatte große Mühe, die gewaltige Menge zu trinken. Viel, sehr viel lief in die Maske.

Als sie von meinem Gesicht herunterstieg, glaubte ich heftiges Keuchen zu vernehmen. Leider konnte ich es niemandem zuordnen, aber die Unbekannte würde sich sicher gleich zu erkennen geben.

Ich spürte, wie sie mir sanft über den Kopf und über die Wange streichelte. Dann spürte ich ein Glas an meinen Lippen und trank gierig. Die Ereignisse in dieser Nacht hatten mich wahnsinnig durstig gemacht. Kaum war das Glas geleert, fiel ich ohne es zu wollen in einen tiefen Schlaf.

Am anderen Morgen erwachte ich auf dem Fußboden des Wohnzimmers. Komisch, war ich nicht zuletzt in der Küche gewesen? Hatte ich nicht dort die Unbekannte oral bedienen dürfen?

Ich sah an mir herab und stellte fest, dass ich nackt war. Ansonsten sah jedoch alles ganz normal aus. Meine Kleidung lag ordentlich neben der Wohnzimmertür, so wie es Monika immer verlangt hatte. Ich erhob mich etwas mühsam, denn meine Knochen waren etwas steif. Dann ging ich durch die Wohnung und inspizierte alles, ganz besonders natürlich die Küche. Nichts, aber auch rein gar nichts deutete darauf hin, dass sich dort in der Nacht etwas Besonderes ereignet hätte. Alles war so, wie es immer war. Es schien, als hätten die Ereignisse der Nacht nicht stattgefunden. Hatte ich alles nur geträumt? Das musste es wohl gewesen sein, denn sonst würde es doch irgendeinen Hinweis geben. Es war ausgeschlossen, dass ich etwas übersehen hatte.

Mir wurde wieder mein schmerzender Körper bewusst. Nun ja, ein Fußboden ist halt um ein Vielfaches härter als ein Bett und damit keine besonders geeignete Bettstatt. Ich beschloss, unter die Dusche zu gehen, das würde mich erfrischen. Danach sah bestimmt alles ganz anders aus.

Da ich ohnehin schon nackt war, ging ich ohne Umwege ins Bad. Noch ganz benommen von dem wirren und doch so realistisch anmutenden Traum seifte ich mich von oben bis unten ein und spülte dann den Seifenschaum weg. Der warme Wasserstrahl tat gut und weckte meine Lebensgeister. Plötzlich bemerkte ich auf meinen Schenkeln mehrere blaue Flecken. Drei waren vorne und ein paar mehr an den Seiten. Ich erinnerte mich sofort, wie ich in meinem Traum mit drei Schenkelklatschern zum Bumsen aufgefordert und später mit Hieben in die Küche dirigiert worden war. Sofort sprang ich aus der Dusche und eilte ohne mich abzutrocknen ins Schlafzimmer. Vor dem großen Wandspiegel drehte und wendete ich mich in alle möglichen Richtungen. Mein Gesäß wirkte auf den ersten

Blick unauffällig, aber eine leichte Röte schien ihn zu umspannen, die zudem drei oder vier blaue Stellen verdeckte. Dazu waren die blauen Flecken auf den Schenkeln klar und deutlich zu erkennen. Plötzlich kam mir ein Gedanke: Wenn die Unbekannte eine Gummipeitsche verwendet hatte, um mir den Hintern zu versohlen, würde es keine Striemen geben, aber eine Rötung, die langsam zurückging und nach wenigen Stunden ein versohltes, aber unversehrtes Gesäß zurücklassen würde. Lediglich das Paddle, mit dem sie mich dirigiert hatte, würde blaue Flecken hinterlassen.

Nachdenklich ging ich zurück ins Bad und trocknete mich ab. War das in der letzten Nacht Erlebte wirklich nur ein sehr realistisch anmutender Traum gewesen? Oder war es doch Realität gewesen? Drehte ich langsam durch? Aber es musste real gewesen sein, die blauen Flecken auf den Schenkeln und dem Gesäß sowie die immer schneller abnehmende Röte auf meiner Kehrseite waren der Beweis dafür! Ich konnte mich ja schließlich im Traum schlecht selber geschlagen haben. Ich war mir sicher: Irgendjemand war in meiner Wohnung gewesen! Auch wenn ich weder den Brief noch den Karton oder eines der verwendeten Utensilien finden konnte, stand eines fest: Ein weiblicher Jemand kannte mein geheim geglaubtes Faible und hatte es mit mir letzte Nacht durchlebt! Bei dem Gedanken an die Unbekannte reagierte mein Penis sofort und erhob sich zu ganzer Größe. Ob die Unbekannte die Ereignisse der Nacht ebenfalls genossen hatte? Ich erinnerte mich an die Unmengen von Lustsaft, die sie verströmt hatte, und sofort hallte mir auch ihr unterdrücktes Lustwimmern in den Ohren wieder. Kein Zweifel, ihr hatte es auch gefallen, sehr sogar!

Als ich die Jalousie im Wohnzimmer hochzog, glaubte ich im Haus gegenüber eine Bewegung der Gardine zu bemerken. Hatte dort jemand gestanden? Falls ja, war das dann Zufall oder hatte die Person mein Fenster beobachtet? Ein komisches Gefühl beschlich mich. Rasch überlegte ich, wer dort drüben wohnte, aber da sich Monika und ich nicht um die Nachbarn gekümmert hatten, wusste ich es nicht. Mit einem einerseits mulmigen, andererseits freudig erregten Gefühl in der Magengegend setzte ich mich in einen Sessel und ließ die Ereignisse der vorangegangenen Nacht Revue passieren. Ich hoffte, einen Hinweis auf die Unbekannte zu finden, irgendein Detail, das mir ihre Identität offenbaren würde. Außerdem musste ich herausfinden, wer in dem Haus gegenüber wohnte. Den ganzen Tag brachte ich mit Grübeln zu. Irgendwann bemerkte ich, dass es dunkel wurde. Ich ließ die Jalousie herab und machte Licht. Dann setzte ich mich in den Sessel und dachte weiter nach. Mitten in den Gedankengängen schlief ich ein. Ob es wieder klingeln würde?

Ebenfalls lieferbar:

Andy Daring

Es dirigiert die Peitsche

Bitter-süße SM-Poesie

ISBN 978-3-7460-9213-3

I. DIGAS

Es tanzt der Gelbe Onkel

Stöckchenreime und Lehrgedichte

für Spankingfreunde

ISBN 978-3-7347-7254-2

Strenge Frauen und ihre Männer

Spankinggeschichten über dominante Frauen

ISBN 978-3-7519-2154-1

Erziehe mich mit Strenge

Spankinggeschichten über dominante Männer

und ihre Frauen

ISBN 978-3-7519-5906-3